MIJN ZUSJE NUNCIA

Leni Saris

Mijn zusje Nuncia

Uitgeverij Westfriesland

ISBN 90.205.1996.4 / NUGI 342

Serienummer Witte Raven M 511
Omslagillustratie: Herson
Belettering: Van Soelen Reclame
Copyright © 1988, 2000
by 'Westfriesland', Hoorn/Kampen

HOOFDSTUK 1

Vakantie aan zee mag dan plezierig zijn maar als je als vijfjarige met je ouders in een duur hotel zit, waar je niet mag rennen en niet mag schreeuwen terwijl buiten de regen onvervaard blijft stromen, weet je uiteindelijk ook niet veel anders meer te doen dan fiks te zeuren, te jengelen, kortom zenuwslopend vervelend te zijn en je ouders te plagen met je steeds groeiend gevoel van ongenoegen.

„Ik wil naar huis," snikte Esmé Francke, op de vierde dag van een hoopvol begonnen maar verregende vakantie. „Ik verveel me zo en ik kan helemaal niet in het zand spelen. Ik kan niet in zee en ik kan niet…"

„Wat kan je nog méér niet?" vroeg haar moeder vermoeid. „Denk je dat papa en ik het zo leuk vinden?"

„Nee, maar jij hoeft geen zandkastelen te bouwen, jij ligt tóch maar in het zand in de zon… en nou lig je in een stóel!" De logica ontging haar murw gezeurde moeder maar Esmés vader schoot in de lach en trok zijn weerbarstige, pruilende dochter naar zich toe. „Het is natuurlijk ook heel erg vervelend maar we doen wat we kunnen. Je bent intussen een vaste klant bij de poffertjeskraam en met de ijsjes die je verslonden hebt kun je in gesmolten toestand een teil vullen."

„Leuk ben jij," zei Esmé misprijzend. Er kon geen glimlach af. „Vakantie is toch niet alleen ijsjes eten… wat heb ik nou aan dat vieze natte zand? Ik vervéél me zo!"

Mama Francke stond op en sloop weg, ze kon het niet langer aanhoren. Natuurlijk had het kind gelijk, maar de neiging om haar een fikse draai om haar oren te geven werd opeens zo beangstigend groot, dat ze de wijste weg koos: ze vluchtte!

„Nou, misschien gaat de zon straks schijnen," probeerde Esmés vader zwakjes.

„Ja, dat zál wel!" Esmés onderlip zakte tot op haar kin. „Ik heb ook nooit iemand om mee te spelen, geen zusje…"

„Of om mee te vechten," verzuchtte Esmés vader. „Nou, misschien is dat toch nog gezelliger dan je te vervelen tot je wel kunt gillen."

„Nou, en toen ik vroeg of ik Geertrui mocht vragen, je weet wel, mijn vriendinnetje… toen zei mama: Nee hoor, één is me genoeg."

„Dat zal best en kan ik me voorstellen," mompelde Esmés vader. „Maar misschien was twee stuks in dit geval toch gemakkelijker geweest. Kan ik Geertrui gaan halen? Ik kan haar ouders toch opbellen vanavond?"

Esmé staarde hem boos en misprijzend aan. Ze haalde hoorbaar haar neus op: „Hè hè, ze is intussen met haar vader en moeder en vier broertjes en zusjes naar de camping. Ik wou, dat ik er ook zat!"

Dat wilde Francke eigenlijk ook wel, maar dat zei hij niet. Mevrouw Francke kwam terug naar de serre met een nieuwe lading lectuur.

„De koffie komt zo," zei ze en hoopte, dat Esmé klaar was met haar ongenoegen te kennen te geven. „Esmé, ga behoorlijk in je stoel zitten in plaats van als een zak wasgoed over de leuning te hangen."

Dit nu had ze beslist niet moeten zeggen. „Ik heb geen zin om netjes te zitten, ik wil helemaal niet zitten. Ik wou dat ik wasgoed was, dan werd ik tenminste leuk rondgeslingerd met een dot zeeppoeder om me heen… leuk joh!"

„Ik geloof dat je vér weg bent," fluisterde haar moeder en hing een krant over haar vermoeide gezicht om even niet geconfronteerd te worden met de beschuldigende ogen van haar dochter. „Wat wil je nou, kind?"

„Een zusje," sprak Esmé. „Niet zo'n grote waar je mee vecht, maar dat kan al niet meer want ík ben de oudste. Maar een baby waar je gezellig mee kunt knuffelen en in een wagentje rijden. Dat lijkt me zo enig!"

„O ja? Nou, ook dat zou je gauw gaan vervelen," verzekerde haar moeder, ze had de krant maar weer opgevouwen. „Een levende speelpop… maar het gaat niet, Esmé en begin nou weer niet van voren af aan te zeuren waarom niet."

„Waarom niet?" informeerde het enfant terrible prompt. „Andere mensen krijgen toch ook wel méér kindertjes?"

Esmés vader keek naar het gekwelde gezicht van zijn vrouw. De komst van Esmé op deze wereld was beslist niet zonder compli-

caties verlopen. Er kon dan ook geen sprake zijn van een tweede baby.

Esmés vader tilde zijn opstandige dochter van de grond: „Luister
nou eens, lieve zeurpiet. Hoe jammer we het ook voor je vinden,
je krijgt geen zusje of broertje, omdat mama daar niet sterk
genoeg voor is. We zijn al zo dolblij met jou. Mensen zijn nu eenmaal allemaal verschillend, dus je kunt nooit zeggen: die andere
mensen hebben wél meer kinderen of een mooier huis of een
grotere tuin of een mooiere auto of meer verstand… Dat doet er
allemaal niet toe, Esmé, je moet tevreden leren zijn met wat je
zélf bent en hebt. Dat is toch héél veel, denk er maar eens over
na. Jij zit hier te zeuren omdat het regent en je je verveelt. Alsof
dat het allerergste is wat je kan treffen. Jij weet gelukkig niet,
wat het is om geen eten te krijgen als je wilt eten…"

„Als ik honger heb," verbeterde Esmé eigenwijs.

„Fout. Jij hebt nooit écht honger," antwoordde haar vader kortaf. „Je bent nog een beetje te klein om dat goed te kunnen begrijpen, maar ik vind wel, dat je je gaat gedragen als een vervelend
verwend nest. Je mag je voor mijn part vervelen en we willen
zelfs wel met je naar huis gaan of een heleboel doen om toch een
gezellige vakantie voor je te versieren, maar dat gedrein is van
nu af aan uit. Af en toe treiter je mama gewoon, dus wat wil je?
Er van maken wat er van te maken is of terug naar huis? Je kunt
nu kiezen."

De pientere Esmé had de zaak heel goed door ook al ontging het
begrip 'geen eten hebben als je toch eten wilde' haar voorlopig
nog, de rest van haar vaders toespraak begreep ze opperbest. De
woorden hadden ook wel indruk gemaakt, omdat haar vader
meestal zo goed en geduldig met haar omsprong. Ze haalde
natuurlijk niet meteen bakzeil en bleef nog zeker een uur in de
stoel hangen met haar kin in haar hand gesteund en starend naar
de gestadig neerdrenzende regen. Maar toen haar vader en moeder, beiden gehuld in regenjas kwamen vragen of ze meeging en
uitnodigend haar regenjasje omhoog hielden, begon Esmé
opeens te lachen en vroeg met een zeldzaam gevoel voor humor
voor zo'n jong kind: „Hè ja… kunnen we misschien meteen een
beetje gaan zwemmen in zee. Of zink je dan meteen met je jas
aan?"

Het was voor het eerst, dat Esmé pret had in een regenwandeling en tussen haar ouders in, alle regenliedjes zong die ze maar kon vinden.

„Meiregen maak dat ik grrrroter word!" schreeuwde Esmé tegen wind en regen in en dan, iets meer gedempt: „Weten jullie nou niks? Zing eens mee!" Ze slingerde baldadig de handen van haar ouders op en neer, maar pa en ma wisten geen regenliedjes. Esmé was onverbiddelijk tot pa, enigszins vals, de melancholieke klanken van een oeroud lied te voorschijn bracht: „Regentropfen, die an mein Fenster klopfen…"

„Tjasses," zei Esmé uit de grond van haar hart. „Weet je niks anders?"

Esmés moeder lachte luid en hartelijk, ze had zich sinds het begin van de vakantie nog niet zo gelukkig en opgelucht gevoeld. Esmé was over het dode punt heen en zowaar, tegen de middag brak voor het eerst de zon voorzichtig door.

„Je hebt de zon blijkbaar hierheen gezongen en de regen op de vlucht gejaagd," zei Esmés vader lyrisch.

„Zal ik nog eens zingen?" informeerde Esmé terwijl ze het tamelijk waterige zonnetje kritisch bekeek. De vakantie werd toch nog een succes omdat het weer omdraaide, de zon ging schijnen en de verveling de vlucht nam.

Toch was Esmé na de vakantie weer dolblij thuis te zijn. Zo kon ze alle dingen in haar leuke, zonnige kamer opnieuw ontdekken. Om hun huis te bereiken, moesten ze een korte, doodlopende laan inrijden. Het was een oude boerderij die ze hadden laten verbouwen. Met veel eigen inbreng, gesjouw en eindeloos rekenen was het een lief en ruim huis geworden. De enige twee andere huizen in de buurt stonden als een stel wachters aan het begin van het laantje, dat de Korte Weg heette.

In het huis aan de linkerkant woonde een echtpaar zonder kinderen. Beiden hadden een drukke baan en waren veel op reis, zodat het fraaie huis soms wekenlang onbewoond was. In het huis aan de andere kant woonde een oude dame heel teruggetrokken. Het contact bestond uit wederzijds groeten en soms een praatje over het weer. Maar altijd over het tuinhek, als mevrouw Francke met de honden wandelde.

Er woonde ook een kleindochter van twaalf jaar bij de oude

mevrouw. Het was een mooi meisje met zwart haar en donkere ogen. Uiterlijk leek ze niet erg veel, maar qua karakter wel op haar grootmoeder. Ze sprak nooit tegen Esmé en haar gezicht bleef altijd onbewogen. Het irriteerde Esmé, die echt wel toenaderingspogingen had ondernomen. Op een dag zat het haar zo hoog, dat ze een flink eind tong tegen het oudere meisje uitstak. „Apekop," zei het meisje verachtelijk. Met opgeheven hoofd liep ze daarna het huis binnen. Esmé was ziedend!

Ze stormde naar huis om daar een opgewonden verhaal over het nagenoeg onbekende buurmeisje af te steken. Esmés moeder was bezig met het opbinden van een paar zielig hangende plantjes, toen Esmé bevend uitriep: „Ze heeft me voor aap uitgescholden, wat denkt ze eigenlijk wel?"

„O ja? Waarom deed ze dat?"

„Ik heb mijn tong uitgestoken," bekende Esmé ruiterlijk. „Waarom kijkt ze ook altijd zo lelijk? Ze zegt nooit wat…"

Esmés moeder begreep het machteloze verzet van haar dochter wel maar voelde zich verplicht haar voor te houden, dat je met je tong uitsteken ook geen contacten legde. Esmé bleef echter zwaarbeledigd. Ze liep stuurs rond en wilde niets meer met het vreemde, oudere kind te maken hebben.

Het werd herfst en als het ging stormen, in het najaar vond Esmé het heerlijk, geheimzinnig en ook wel een beetje angstig in het bos, maar ze hield van het loeien van de wind om het huis.

Ze was het buurmeisje alweer vergeten, en zag het kind ook nauwelijks. Ze trok veel met twee vriendinnetjes op, die halverwege school woonden. Vader Francke bracht en haalde elke ochtend zijn kind èn de vriendinnetjes naar en van school. De vriendinnetjes hadden gemakkelijk met de schoolbus gekund, maar Esmés ouders waren bang dat Esmé geïsoleerd zou raken. De twee meisjes bleven vaak spelen en het kwam geregeld voor dat ze bleven slapen. Ze vonden het heerlijk in de 'Mirliton', zoals de boerderij heette. Wie had in de stad zo'n grote tuin dat je er een dierentuin kon houden?

Ja, de 'Mirliton' was een huis van 'lach, zang en dans' vond vader Francke. Want zijn enige, rumoerige dochter regeerde haar vriendinnetjes en had er als het geen regenachtige zomervakantie betrof geen moeite mee enigst kind te zijn.

Het was die regenachtige herfstavond bijzonder slecht weer. Het gezin Francke had zojuist gegeten en was bezig af te ruimen, toen er heftig en lang met de zware koperen klopper op de voordeur werd gerammeld. Het klonk onheilspellend. Dit was geen avond voor een leuke visite.

Mevrouw Francke zei: „Doe niet de deur met een ruk open, Hans. We wonen hier zo eenzaam, je kunt nooit weten…"

„Onzin," zei Francke, maar zijn vrouw trok hem terug en liep zelf haastig naar de voordeur. „Wie is daar?"

„Ik ben het, Nuncia. Doe open! Mijn oma is opeens ziek geworden."

Het was een angstige meisjesstem. Mevrouw Francke aarzelde even en trok toen de zware voordeur open. Ze keken in het gezicht van een bang, lijkbleek meisje met enorme ogen. Het was het buurmeisje.

„O mevrouw, ik weet niet wat ik doen moet…"

„Ik ga met je mee," zei Hans Francke. Hij nam het meisje mee in zijn auto. Het regende te hard en het was naar het begin van de Korte Weg zeker vijf minuten lopen. Het kind had gelopen en was werkelijk doorweekt. Ze waren er snel. Meneer Francke constateerde al vlot dat de oude mevrouw er bijzonder slecht aan toe was. Hij beschreef duidelijk haar toestand aan de dorpsdokter, die hij onverwijld belde. De arts beloofde een ambulance te sturen.

„De dokter komt er meteen aan," zei hij en Nuncia knikte. Ze zat naast haar grootmoeder en hield stevig haar hand vast. Wanhoop en verdriet stond er in haar ogen te lezen, maar ze huilde niet. Het lukte vader Francke niet haar te bewegen bij hem thuis te wachten op de uitslag. Nuncia zei vastberaden dat ze met haar oma mee wilde. De oude mevrouw kwam bij. Ze voelde zich doodziek, maar het enige waar ze zich wat van aantrok was haar kleindochter. Ze bleef maar herhalen: „Wat gebeurt er met Nuncia… ze heeft niemand…"

„Maakt u zich geen zorgen," zei Francke. „Wij zorgen wel voor uw kleindochter. Ik beloof het u."

De oude mevrouw Cartez-Contreras keek hem dof aan. Ondanks dat het haar moeite kostte, wilde ze spreken: „Zorg voor haar, ze heeft niemand. Ik weet niet waar haar moeder is… Mijn zoon heeft Nuncia bij me gebracht. Hij is in Chili gearresteerd en in de gevangenis omgekomen... Het kind heeft geen familie meer, haar moeder woont misschien in Chili of in Amerika... Ik weet het niet, alleen dat iemand voor haar zorgen moet." Haar magere, gloeiend hete hand greep met alle kracht die nog in haar was de hand van Francke. "Laat niemand haar bij u weghalen. Ik heb u geobserveerd, jullie zijn goede mensen. Had ik dit maar eerder gevraagd... Ik wil u tot haar voogd benoemen, nu... voor het te laat is. Nuncia..."

Het meisje zat als een hoopje ellende naast haar grootmoeder. Haar donkere ogen zochten het gezicht van Francke af. "Het is erg met haar, hè? Ik weet het. Ze werd steeds zieker, de tabletten van de dokter werken niet meer. Ze wilde niet ziek zijn, om mij..."

Ze was pas twaalf jaar, heel bang en verdrietig, maar haar zelfbeheersing was onwaarschijnlijk. Hans Francke voelde de kracht, de moed en weerspannigheid die in het kind stak. Dit meisje had vast al heel wat meegemaakt.

Hij greep de hand van mevrouw Cartez. "Ik beloof het u werkelijk, mevrouw," sprak hij nadrukkelijk.

De vrouw zuchtte van verlichting en sloot haar ogen. Nuncia was een vreemd, mooi kind, met een beladen achtergrond, waar Francke niets van wist en hoe loodzwaar de hele zaak ook woog, er viel niet aan te ontkomen. Terwijl Nuncia, toen men met haar grootmoeder bezig was, lang op de gang bleef wachten, belde Hans Francke eerst een notaris op. De voogdijbenoeming moest onmiddellijk in orde worden gemaakt en of er een testament was, wist hij ook niet. De notaris moest wel meteen naar het ziekenhuis komen, waar de man natuurlijk 's avonds om halftien ook niet zo gelukkig mee was maar er viel niet aan te ontkomen. Mevrouw Cartez-Contreras verkeerde in levensgevaar en nu was ze nog helder.

Daarna belde Hans Francke zijn vrouw en vertelde haar, dat het nog lang kon duren en hij ook niet wist wat er ging gebeuren. Hij vreesde het ergste en dan moest er toch iemand bij Nuncia blijven.

"Het kind heeft geen familie, althans geen aanwijsbare, het is een noodsituatie. Ik word tot voogd benoemd, zo wil de oude dame het… Ze kan geen rust vinden en bereid je er op voor, dat ik het meisje mee naar huis breng, want ze moet toch ergens heen en ze kan moeilijk alleen in huis blijven. Ze is tenslotte pas twaalf jaar."

„Arm kind… ja, breng haar maar mee." Het klonk zo rustig en vanzelfsprekend dat Hans Francke een zucht van verlichting slaakte.

„Wat lief van je, dat is een hele geruststelling," zei hij. „Het is al zo'n toestand en als jij moeilijkheden was gaan maken… Zo ben je gelukkig niet. Ik hoop dat Esmé haar ook aardig opvangt."

Esmé wilde dat helemaal niet en haar commentaar loog er niet om, toen haar moeder haar op de hoogte bracht.

„Jakkes, dat vervelende kind!" viel ze snibbig uit. „Kan ze niet ergens anders gaan?"

„Nee, dat kan ze niet. Dat is erg genoeg." De stem van mevrouw Francke klonk niet eens afkeurend maar wel triest. „Ze heeft niemand meer als haar oma niet meer beter wordt. Jij kunt gemakkelijk praten vanuit je veilige nestje."

Esmé dacht er lang over na en was zelfs, bij nader inzien, bereid medelijden met Nuncia te hebben, al ging het niet van harte. Maar de gedachte aan Nuncia in hun huis benauwde haar hevig. Ze hoopte van ganser harte, dat mevrouw Cartez-Contreras beter zou worden.

Dat gebeurde helaas niet. In het holst van de nacht, toen Esmé allang sliep, kwam Francke thuis. Met zijn arm om de magere schouders van een doodsbleke, als verdoofd bewegende en pratende Nuncia. Alleen de grote donkere ogen leefden in het kleine, strakke gezichtje met de geknepen mond. Ze zag er ook zo verschrikkelijk koud uit. Zodra alles wettelijk geregeld was voor Annunciata, haar enige en allesomvattende zorg, had de grootmoeder rustig en voorgoed de ogen gesloten. Nuncia was als versteend, had het blijkbaar nog niet kunnen bevatten en ze was daar maar blijven staan, eindeloos… Tot Francke zijn hand op haar schouder had gelegd en zachtjes had gevraagd: „Ga je mee, Nuncia? Je blijft bij ons."

Nuncia bleek dat in ieder geval vanzelfsprekend te vinden, ze had toch, zonder woorden of iets te laten blijken, voortdurend de steun van Francke gevoeld en ze had er op vertrouwd. Met wie moest ze anders meegaan? Er was gewoon niemand anders en oma had het zo gewild, dus ging ze zonder protest mee.

„Het is heel erg voor je, liefje." Mevrouw Francke kuste een steenkoude wang. „Kom binnen, je bent helemaal verkleumd."

Nuncia reageerde er nauwelijks op en liet maar met zich doen. Begrijpelijk, vonden de Franckes. Het kind was haar enige steun, haar grootmoeder die liefdevol voor haar had gezorgd, opeens kwijt.

Als een alles verwoestende orkaan was het allemaal over haar gekomen en hier zat ze dan, bij wildvreemde mensen, volkomen ontworteld en ze kon het niet bevatten.

Ook in de dagen na de nachtmerrie was er met Nuncia niets te beginnen. Ze wilde helemaal niets van Esmé weten, vond haar alleen maar vervelend en druk. Esmés ouders hadden daar begrip voor en Esmé, boordevol goede wil en medelijden, probeerde wel een paar dagen kalmer te zijn.

Maar Nuncia was alweer twee weken in huis bij de Franckes en nog waren ze geen stap verder met haar gekomen. Ze trok zich volkomen in zichzelf terug, wilde nergens over spreken. Ze zat meestal, als ze van school kwam, als een kleumende vogel in een hoekje en gaf alleen beleefd antwoord als haar iets werd gevraagd. Ze voelde zich niet thuis en wat er ook geprobeerd werd, alles mislukte. Mevrouw Francke had een waar engelen-geduld met het meisje maar al haar pogingen stuitten op de kille, ongeïnteresseerde houding van Nuncia. Esmé begon er onder te lijden dat ze voortdurend tot kalmte werd gemaand als ze zingend alle trappen kwam afstuiven en met een bons in de hal landde omdat ze de laatste drie treden had overgeslagen.

De gezellige ongedwongen stemming in de 'Mirliton' werd er gespannen door. Het zat er natuurlijk in dat er vandaag of morgen een uitbarsting moest komen om de lucht te zuiveren.

Dat gebeurde op een zonnige zaterdagmorgen. Vader zat met de ochtendkrant van zijn eerste kopje koffie te genieten. Moeder was net van plan zichzelf in te schenken en Nuncia zat ongenaakbaar een boek te lezen, toen Esmé zich aandiende. Ze kwam zingend naar beneden, sprong van de trap en had te veel vaart! Ze rolde over de vloer, knalde tegen de deur die meegaf en struikelde de kamer in. Na de eerste schrik gierde ze het uit.

Vader Francke zei droogjes: „Zo, ben je daar?"

Esmés moeder zat stijf van schrik met de koffiepot in een geheven hand, maar Nuncia ontplofte en gaf haar onvrede de vrije hand. „Wat ben jij toch een akelig, lawaaiig kind! Kan jij nou nooit eens normaal doen? Ik zou je een draai om je oren moeten geven, weet jij dat?"

„Dat moest je eens durven, zuurpruim!" schold Esmé meteen terug. „Jij zit de hele dag lelijk te kijken. Ik vind het heel erg dat je oma er niet meer is, maar daar kan ik toch niks aan doen. Wat doe je hier, mispunt!"

„Rustig dames," zei vader. „Luister Esmé, Nuncia woont hier, net als jij. Ze moet wennen aan zo'n drukke huisgenote als jij. Dat is moeilijk, plus dat ze nog erg verdrietig is. Geen geschreeuw tegen elkaar. En jij, Nuncia, probeer Esmé wat vriendelijker te benaderen. Ze wilde altijd graag een zusje…"

„Ja, maar geen grote die me op m'n kop zit," riep Esmé. „Ik wilde een leuk klein zusje, niet zoiets!"

Minachtend snuivend verliet Esmé de kamer en knalde de deur dicht.

„Ik ga wel hoor," zei Nuncia en stond op van haar stoel. Vader Francke hield haar tegen en zei streng: „Jij blijft en luistert goed. Ik wilde niks zeggen waar onze kleine wijsneus bij is, maar wat je nu aan het doen bent, is verkeerd, Nuncia. Wat jou is overkomen, is verschrikkelijk. Je bent eenzaam en je zult je weg alleen moeten zoeken. Maar wij willen je helpen, zoveel mogelijk. Wat heb je eraan je zo vijandig tegen ons op te stellen?"

„Ik hoor hier niet, ik ben teveel," zei Nuncia opstandig.

„We hebben je met liefde bij ons gehaald," sprak mevrouw Francke zacht. „Maar jij doet afstandelijk of akelig beleefd. Je geeft ons geen kans… Wat wil je eigenlijk, meisje?"

„Familie," zei Nuncia gesmoord. Ze wendde haar hoofd af en keek naar buiten.

Het bleef lang stil. Toen zei mevrouw Francke aarzelend: „Ik ben zo bang Nuncia dat alles wat ik zeg, alles alleen nog maar erger maakt. Maar begrijp goed, we willen je helpen. We weten wat je pijn doet, en we willen van je houden. De familie worden die jij graag wilt. En wat Esmé betreft, die is nog maar zes. Jij bent dubbel zo oud en hopelijk ook dubbel verstandig. Laten we er nou maar niet meer over mokken of praten, alleen maar over nadenken."

Het was niet zo dat Nuncia sindsdien veranderde in een prettige huisgenote, maar ze deed wel haar best iets minder stug te doen. Esmé ging haar echter toch liever uit de weg en de sfeer in huis was ondanks alle goede wil niet meer zo vrolijk en onbekommerd.

Drie moeizame maanden later verzuchtte mevrouw Francke: „Ik weet niet wat ik er nu nog meer aan moet doen. Het is alsof je in een wilde kringdans elkaars hand probeert te grijpen om de kring te sluiten en elke keer misgrijpt. Er is altijd wel een van ons vieren die er naast grijpt. Ik word er zo moe van. Weet jij geen toverwoord of zo?"

Maar ook Hans Francke wist geen oplossing. Hij hoopte maar dat ze wat meer tot elkaar zouden komen. Zo hielp Nuncia Esmé met haar sommetjes. Uit angst om onvriendelijk te zijn, deden ze allebei heel verkrampt en geduldig tegen elkaar. Nuncia haalde haar ook 's middags van pianoles op. Esmé kreeg les van een uitstekende lerares, mevrouw De Goede, die in het dorpje vlakbij woonde. Nuncia liep haar tegemoet, maar bereikte het huis van mevrouw De Goede zonder Esmé tegen te komen. De pianolerares stond in de tuin. „Hallo, kom jij Esmé soms halen? Maar die is al een kwartier terug vertrokken. Heb je haar niet gezien?"

„Nee. Ze kan binnendoor gegaan zijn, maar dat mag niet van haar ouders."

„Nee," beaamde mevrouw De Goede. „Het bos is niet zo veilig meer. Er gaan hier geruchten over een kinderlokker. Maar Esmé zal toch niet op eigen houtje het grote bos ingaan?"

„Ze heeft gister tegen haar vader gezeurd over beukenootjes rapen."

Nuncia werd ongerust. „Ze zal toch niet… Ik ga maar gauw."

Aan het begin van de brede weg die naar huis voerde, was aan de linkerkant een smal bospad dat tot halverwege dieper het bos inliep en zich daarna weer in de richting van de weg boog. Nuncia werd opeens dodelijk ongerust. Het bos was sinds kort niet zo veilig meer als het altijd was geweest. Daarom had mevrouw Francke tegen Nuncia gezegd: „Ga Esmé eens tegemoet, Nuncia. Je weet het met dat kind maar nooit. Wat ze niet

wil horen, gaat er rechts in om er links meteen weer uit te gaan."
De vorige avond had Esmé gezegd, dat ze beukenootjes wilde
gaan zoeken maar het was haar streng verboden en ze had dit
dom en belachelijk gevonden. Ze was erover blijven drammen,
tot haar vader haar bij de arm had gepakt en uit de kamer gezet.
„Ik heb je gezegd, dat het niet veilig is, omdat er mensen rond
kunnen lopen die je kwaad kunnen doen en jij blijft maar drammen met al je 'waaroms'? Ik wil je nou een uurtje niet meer zien
of horen, naar boven en gauw!"
Esmé was daarop naar boven gestampt en had zich theatraal van
pappa afgewend, toen hij later kwam kijken waar ze bleef.
Dat eigenwijze mormel, dacht Nuncia woedend, haar voeten
hadden vleugels, toen ze het bospad afrende. O, God laat er niks
met haar gebeurd zijn. Had-ie toch maar beter verteld, wat er
gebeuren kan. Esmé…
„Laat me los, laat me los!" Ze hoorde Esmé gillen en Nuncia
bedacht zich geen seconde. Ze zag het kind worstelen in de handen van een lange magere man, die haar mee wilde trekken maar
Esmé gilde en schopte wild van zich af. Uiteindelijk had ze het
natuurlijk niet kunnen winnen maar de man had zijn handen zo
vol aan het kind, dat hij Nuncia niet zag. Zij stortte zich als een
leeuwin die voor haar jong vecht op de man, schoppend, stom-
pend en gillend: „Laat m'n zusje los, mijn vader komt er aan…
laat m'n zusje los!"
De aanval was zo verrassend gekomen, dat hij zich nauwelijks
kon ontdoen van het te hulp geschoten grotere meisje en hij liet
zijn prooi onmiddellijk los en ging er vandoor. Zijn sjaal en een
knoop van zijn jas waren in Nuncia's handen achtergebleven. Ze
hield de buit krampachtig vast maar sloeg haar armen om het
snikkende kind.
„Kom mee naar huis, Esmé. Het is in orde." Ze trok het kind snel
mee, bevend en niet helemaal gerust maar er gebeurde verder
niets, de aanrander had de vlucht genomen. Mevrouw Francke
stond aan het tuinhek en zag de meisjes aankomen. Nuncia, lijkbleek, met haar arm stevig om de schouders van de luid huilen-
de Esmé geslagen.
Ze holde de meisjes tegemoet. „Wat is er gebeurd, Nuncia?"
„Niets," zei Nuncia. „Gelukkig niets. Hij had haar te pakken, een

of andere akelige vent in het bos. Ik hoorde Esmé schreeuwen, hij heeft haar niets gedaan gelukkig… Ik was zo bang."

„Ik was zo blij dat Nuncia kwam," snikte Esmé.

„Hoe… hoe kom jij aan die sjaal?" Mevrouw Francke keek naar de lange rode gebreide sjaal. „Is die…"

„Ja, en dit…" Nuncia opende haar hand. Er lag een vreemd gevormde koperen knoop in.

„Ik heb gevochten," zei Nuncia en leek heel erg volwassen op dat ogenblik. „Toen liet hij Esmé los en ik heb gezegd, ik heb gezegd…" Ze hakkelde even en besloot toen vlug, alsof ze het anders niet meer zou durven zeggen: „Ik heb gezegd: 'Laat m'n zusje los, m'n vader komt eraan, laat haar los'. En dat dééd hij. Gek van me, hè, het ging vanzelf."

„Niet gék, ik zal je nooit meer anders kunnen zien dan als m'n oudste dochter, die mijn jongste dochter gered heeft van een vreselijk lot. Daarvan ben ik overtuigd. Esmé, je ziet dat je ouders het wel eens béter weten dan jij. Om tóch het bos in te gaan! Jij mag van geluk spreken, dat je zusje in de buurt was… en wij ook!"

„Het is natuurlijk ook onze schuld, dat Esmé toch ging," zei Esmés vader toen hij het verbijsterende verhaal hoorde. „We weten dat Esmé blijft drammen, we hadden haar beter moeten inlichten, maar ja… je wilt zo'n kind niet haar onbevangenheid ontnemen. Tja, ze geloofde het niet, ze ging er altijd op uit. Dat vorige geval van drie weken terug hebben we uiteraard uit haar wereldje gebannen. Waar doe je wijs aan? We zouden zo goed opletten, maar als Nuncia er niet was geweest… ik wil er verder niet aan denken."

De politie was uiterst blij met de trofeeën die Nuncia had veroverd, bovendien konden de meisjes een goede beschrijving van de aanvaller die al een tijd het bos onveilig had gemaakt, geven.

Voor het gezin Francke en Nuncia was de gebeurtenis het uur van de waarheid geworden.

Annunciata – Nuncia had een tehuis gevonden, voorgoed. Nuncia en Esmé waren sindsdien ondanks het vrij grote leeftijdsverschil, onafscheidelijk. Nuncia had in de grootste nood geroepen: Laat mijn zusje los. Voor Esmé was ze voorgoed 'Mijn zusje Nuncia' geworden. Wat er ook verder mocht gebeuren.

HOOFDSTUK 2

Esmé en Nuncia vormden in de jaren die volgden op het roerig begin een intens aan elkaar gehecht stel. Weliswaar had Esmé niet het kleine zusje gekregen waar ze jaren naar had verlangd, maar een grotere zus viel ook niet te versmaden. Bij Esmé bleef altijd op de achtergrond van haar hart en verstand de dankbaarheid en de bevrijding van de angst leven, die ze had ondervonden op het ogenblik, dat ze zo doodsbang was geweest, toen Nuncia, zonder aan zichzelf te denken, haar 'zusje' had gered. Natuurlijk drong het pas in later jaren tot Esmé door, voor welk lot Nuncia haar had bewaard. Vanaf dat ogenblik was Nuncia de beschermende oudste geweest. Ze had een eigen plaats in het gezin en Esmé en Nuncia hadden een goede invloed op elkaar. Nuncia leerde weer lachen en gelukkig zijn, voor zover dat mogelijk was met haar gecompliceerde karakter. Uitbundig, zoals Esmé vaak kon zijn, was Nuncia nooit, maar ze genoot wel van Esmés sprankelende karakter, haar jolige invallen, die soms wel eens uitliepen op moeilijkheden als Esmé het met haar speciale gevoel voor humor en haar soms onbarmhartige eerlijkheid te bont maakte.

Het was altijd Nuncia die in de bres sprong, dol was op haar zusje, maar zich toch vaak zorgelijk afvroeg waar zo'n jolige spring-in-'t-veld ooit een greintje standvastigheid en ernst vandaan moest halen.

Ze nam alles zo gemakkelijk op, lachte standjes weg. Ze zag kans om overal onderuit te komen en vlinderde vrolijk verder, want het was zo'n schat van een kind, vond iedereen. Je kon haar niets kwalijk nemen. Zo dacht de zes jaar oudere Nuncia er over. Maar zodra de jongedame tot de orde werd geroepen door haar ouders, dan kon Nuncia dat niet verdragen en begon te praten als Brugman om te voorkomen, dat Esmé straf kreeg. Het lieve kind, dat bijzonder intelligent was, had dit natuurlijk na korte tijd door en deed er haar voordeel mee. Het bedierf haar niet tot in de grond, omdat ze nu eenmaal toch een vrolijk en gezellig kind was, dat gemakkelijk de lachers op haar hand kreeg.

„Wat dat kind toch ook allemaal verzint. Ze is de nieuwe vrouwelijke uitgave van de aloude Pietje Bell!" klaagde mevrouw

Francke op een heerlijke voorjaarsmiddag, toen iedereen van 'buiten' genoot maar opeens de laan op stelten stond omdat de geliefde en zeer kostbare Perzische poes van de buren zoek was. Zoiets is natuurlijk ook afschuwelijk en de laan weergalmde van geroep om 'Aïda' in alle toonaarden. De Franckes en Nuncia kropen ook tussen de struiken door, de enige afwezige in het buurtgebeuren was de jongste dochter des huizes.

„Waarom helpt dat kind nou niet zoeken? Zit ze nog steeds op haar kamer, ga haar dan eens halen… zij ziet er niet tegen op om tussen die stekelige bosjes te kruipen," riep mevrouw Francke tegen Nuncia. Nuncia kwam terug met de boodschap dat zuslief niet boven was. Toen bleek, dat zij, net als de poes, onvindbaar bleef, ging de furieuze eigenares van de poes, die haar buurmeisje al jaren kende, verband leggen tussen beider afwezigheid. Esmés ouders gingen van het standpunt uit, dat hun dochter onschuldig was zolang haar schuld niet zonneklaar was bewezen.

Men stond daarover van beide zijden geïrriteerd maar nog altijd vrij beleefd van gedachten te wisselen, toen Esmés moeder de niet zo tactvolle opmerking maakte, dat het leven enkele jaren terug in deze hoek van Nederland rustiger was geweest en dat de nieuwe burenbungalow niet tot die rust had bijgedragen. Waarop de buurdame lichtelijk boos werd en met enige verheffing van stem opmerkte: „Mevrouw, de onrust komt niet door ons huis maar door uw dochter, dat kind is een regelrechte ramp."

De twee heren des huizes noodden hun respectieve echtgenotes tot rust en kalmte, toen Nuncia begon te gieren. En meestal lachte ze niet zo uitbundig.

„Kijk dáár nou…" hikte ze en ze wees op Esmé, die rustig de weg af kwam sjokken. Mét de adellijke 'Aïda', die overigens luid en duidelijk protesteerde, aan een heel lang lint: zwart, bruin, groen en rood, aan elkaar geknoopt, en kennelijk gestolen uit mama's naaidoos. De eigenares van 'Aïda' ontplofte bijna, ze liep beangstigend rood aan en haar man zei kalmerend: „Toe nou, schatje… ik háál Aïda wel!" Hij rende Esmé tegemoet en schreeuwde: „Klein mormel, wat dóe je met de poes van m'n vrouw?"

„Ik laat haar uit, omdat ik het zo zielig vond, dat ze in een hokje zat. Ze is toch geen kip of een vogel!" Het was waar dat Aïda overdag slechts van de buitenlucht mocht genieten in een luxe met gaas bespannen onderkomen, en dit nu was Esmé, die dol was op dieren, in het verkeerde keelgat geschoten.

„U mag nog blij zijn, dat ze poes zo zorgvuldig aan alle linten uit mijn naaidoos heeft vastgelegd," merkte Esmés moeder zuurzoet op.

„Wat niet wegneemt, dat ze met haar handen van andermans dieren moet afblijven. Iets kwaads heeft ze overigens niet bedoeld." De eigenares van Aïda stond met haar poes in de armen. Inderdaad, poes was geen kwaad gedaan, ze zat er welgedaan bij en de kleurige sleep lintjes hing als een vrolijke guirlande om haar heen, tot op de grond.

„Ik heb goed op haar gepast, hoor," deelde Esmé trouwhartig mee. „Uuhh… ik vind wandelen met een hond veel leuker. Ze wilde niet lopen."

„Heb je haar getrókken?" vroeg Aïda's eigenares ontzet.

„Nee, gedragen… kijk maar!" Esmé strekte haar bruine armen uit, die versierd waren met een serie verse krabbels van de angstige poes. „Ze wilde alleen maar rénnen toen ze u zag."

Gelukkig voor de goede verstandhouding tussen de buren won toen het gevoel voor humor het en Aïda's eigenares zei opeens weer vriendelijk: „Nou, gelukkig dat je goed voor haar hebt gezorgd, maar ze komt heus niets te kort, hoor. Als ze buiten is móet ze wel in dat hok en je ziet zelf hoe groot die ruimte is. Aïda is namelijk een verschrikkelijk kostbaar dier en ik kan het risico niet lopen dat ze er vandoor gaat of meegenomen wordt, snap je?"

„Eh… een béétje maar niet helemaal," zei het enfant terrible aarzelend en haar moeder kreunde. „Als ze nou níet kostbaar is, dan hou je toch net zo goed van de poes of van de hond en dan sluit je haar níet op, hè? Ik bedoel maar…"

„Zeur nou niet, zus." Nuncia kwam tussenbeide. „Je ziet eruit alsof je in de sloot hebt gelegen. Mam, moet er niet iets op die krabbels? Dettol of zoiets?"

„Ja, alsjeblieft neem haar mee!" Mevrouw Francke wist zelf niet hoe opgelucht haar stem klonk en haar man grinnikte. Hij zag tot zijn tevredenheid dat buurman eveneens grijnsde. Mevrouw was, na een korte groet, afgetrokken met 'Aïda'. Het kleurig geknoopte lint sleepte over het tuinpad.

Eenmaal veilig binnen de eigen muren keken de ouders van Esmé elkaar aan, de een wachtte op het commentaar van de ander, maar voor het zover kwam, barstten ze tegelijk uit in een lachbui.

„Dat malle kind met die bestrikte kostbare poes. Ik wou dat ik een fototoestel te voorschijn had kunnen trekken. Het was te kostelijk."

„Ja, dat wel, maar ze wilde weer gaan drammen. Gelukkig voorkwam Nuncia het, die zag de bui ook goed hangen. We moeten Esmé wel streng verbieden om zo maar de tuin van de buren binnen te lopen, dat kan gewoon niet."

Esmé gaf geen kik, toen Nuncia haar vele krabbels behandelde, ze zei met een ondeugende grimas: „De buurbaas, ik bedoel de baas van Aïda, zei dat ik een mormel ben. Maar ik vond de poes eerst echt zielig, later niet meer, ze wilde helemaal niet wandelen."

„Nee, niet met een lintje om haar nek. Zou jij het leuk vinden als ik je met lintjes om je hals mee uit wandelen nam?"

„Nee hoor, zússie!" zei Esmé teder. „Met jou loop ik wel mee zonder een gek lintje om m'n nek… nou goed? Lach eens lief!"

„Mormeltje." Nuncia haalde liefkozend haar hand door de warrige blonde haarvracht. „Esmé klinkt beter, maar het duurt nog wel even voor je in je naam bent gegroeid. Namen hebben een betekenis, weet je en soms is dat nogal ver gezocht."

„Wat betekent mijn naam?" vroeg Esmé nieuwsgierig.

„Dat weet ik niet precies maar het is een oude Engelse naam, uit 1542. Het kan betekenen 'geacht' maar dat is dan erg vergezocht, hoor."

„Oooh," zei Esmé teleurgesteld. „En wat betekent jouw naam dan? Is die ook zo ver gezocht als de mijne?"

„Nee, dat weet jij allemaal nog niet, omdat je er nog te klein voor bent. Hé, zit eens stil. Zo kan ik je niet bepleisteren… dadelijk val je van de kruk." Ze hees Esmé omhoog. „Mijn naam is Maria Annunciata… mooi, hè?"

„Sjiek!" gaf Esmé gul toe. „Kan ik niet tegen op. Wat betekent jouw naam?"

„Geboren op de dag van 'Maria Boodschap', dus 25 maart. Een katholieke kerkelijke feestdag, begrijp je. Zo, Esmé, je bent klaar... en ga niet meer met vreemde poezenbeesten aan de wandel."

Zo gemakkelijk liet Esmé zich niet afschepen. Ze wilde langzamerhand meer weten dan men haar ooit had verteld omdat ze nog te jong was om er veel van te begrijpen, maar natuurlijk veranderde dit. Onderhand was Esmé bijna tien jaar en ze begon zich af te vragen, waar Nuncia vroeger was, voor ze bij haar oma woonde en waar haar ouders waren gebleven. Esmé was, achteraf bezien, verschrikkelijk blij met haar oudere zusje maar waar was ze nu werkelijk vandaan gekomen? Het was vreemd, dat de flapuit Esmé toch nooit ronduit aan Nuncia had durven vragen: Waar kom je nou eigenlijk vandaan?

Nuncia wilde daar niet over praten maar toch... langzamerhand begon Esmé zich daartegen te verzetten. Het moest een keer gebeuren en ze vroeg ronduit: „Nuncia, waar ben jij geboren? Ik denk héél ver weg. Op school zeggen ze vaak: Wat gek. Jij bent zo blond en je hebt heel lichte ogen en je zusje heeft heel zwarte ogen en zwart haar. Is ze echt je zusje?"

„Wat zeg jij dan?" vroeg Nuncia.

„Dat ik veel van je hou en dat ik je mijn zusje vind, maar dat je niet bij ons bent geboren. Maar ik weet ook niet, waar je wél bent geboren," voegde ze er snel aan toe, alsof ze bang was dat Nuncia weer een eind aan het gesprek zou maken. „Waarom zeg je dat niet? Ik wil het graag weten en dat mag toch ook best? Het is zo gek als ze me vragen waar je vandaan komt en ik weet niks... dat kan toch niet, hè Nuncia?"

„Je hebt wel gelijk, Esmé, maar zoveel weet ik zelf niet eens." Ze pakte een borstel en begon Esmés dikke verwarde haardos te ordenen, want zo praatte het gemakkelijker en Esmé begreep dat blijkbaar, want gewoonlijk ging ze tekeer tegen het krachtig haarborstelen van Nuncia. „Ik dacht eerst, dat je nou Francke heette omdat je al zolang bij ons woont. Dat is toch adopteren? Au... trek niet zo aan m'n háár!"

„Ja, maar ik ben niet geadopteerd en doe niet zo kleinzerig, zit nou stil... Ik geloof, dat jij niet eens weet, hoe ik werkelijk heet en waar ik ben geboren. Ik kom uit Chili en mijn echte naam is

Maria Annunciata Cartez-Contreras… een mondvol, hè? Die mooie naam is dan ook alles wat ik van m'n familie heb. Ik weet heel weinig, mijn oma vertelde nooit veel, omdat ze bang was dat te veel praten gevaarlijk kon zijn. Daar is ze mee opgegroeid. Mijn moeder was een zangeres, niet zo'n heel goede of belangrijke, zei m'n oma. Ze was in het buitenland met een zangen dansgroep, toen mijn vader werd doodgeschoten tijdens een rel, zo heeft mijn grootmoeder het me verteld. Mijn moeder… nou, dat weet ik gewoonweg niet. Die is na verloop van tijd weer naar het buitenland vertrokken en liet mij bij m'n grootmoeder achter. Maar zij heeft daarna twee keer een inval in ons huis gehad en ze werd heel erg bang om mij, niet voor zichzelf. Waarom ze naar Holland is uitgeweken, natuurlijk heb ik dat gevraagd. Het gebeurde met de hulp van Hollanders in Chili, die mijn vader kenden. Ik ken die mensen niet, ik weet ook niet wat er allemaal gebeurd is. Je kunt hier natuurlijk als Chileense zo maar niet gaan wonen, maar ten eerste was m'n oma niet arm en hoefde ze geen steun en ten tweede logeerde ze nog steeds hier, officieel. Dat is alles wat ik weet. Of mijn moeder nog leeft en waar ze is… ik weet het niet. Ik weet heel weinig van mijn achtergrond en dat kan ik maar niet vergeten, hoe fijn ik het hier ook heb. Kan je dat een beetje begrijpen?"

Esmé gleed van de kruk, ze vond dat ze nu lang genoeg lijdzaam haar hoofd had laten mishandelen, dus keerde ze zich om en keek Nuncia aan, met ernstige, medelijdende ogen.

"Ik moet er niet aan denken dat ik niets zou weten van m'n vader en m'n moeder. Dat ik geen echt huis had. Ik bedoel, een huis met m'n ouders. Ik weet niet precies hoe ik het zeggen moet maar ik geloof dat ik het wel kan begrijpen. Ik word opeens heel erg bang, als ik er aan denk, dat iemand je zo maar opeens alles kan afnemen."

"Ja, dat is heel erg," zei Nuncia zacht. "Maar het is natuurlijk niet zo maar, dat 'iemand' je alles afneemt. Het is noodlot."

"Is dat een ander woord voor God?" vroeg Esmé heel ernstig. "Hij moet toch voor de wereld en de mensen zorgen, nietwaar, Nuncia?"

Nuncia sloeg haar arm om Esmé heen. "Zo eenvoudig zal het wel niet liggen, maar ik kom er ook niet helemaal uit. Kijk, ik heb altijd geleerd, en dat is ook zo, dat een mens een vrije wil heeft en die kun je goed en slecht gebruiken. Die gave is een gave van God. Ik weet niet of ik het wel goed zie, hoor, maar ik heb er altijd over gepiekerd. God gebiedt ons toch niet om onze mede-mensen uit te moorden en de mooie wereld te verknoeien, dat doen we toch zélf."

„Ja, maar mijn vader en moeder zijn toch de baas in huis," merk-te Esmé spijtig op. „Als ik de boel hier afbreek vinden ze dat toch niet goed, nou, dat is dan toch in het groot ook zo, denk ik."

„Dat denk ik ook, maar we mogen wel een tijd doorknoeien met onze vrije wil. Kinderen willen toch ook alles zelf ondervinden… Nou dan?"

„Hoe lang is dan 'een tijd'?" Esmé gaf het nu eenmaal niet gauw op, waarmee ze ook bezig was. „Tien jaar, of nog langer?"

Nuncia schoot in de lach en knuffelde Esmé. „O, lieve meid, ik wilde, dat ik het allemaal heel mooi kon uitleggen maar ik weet het evenmin. Ik denk, dat God niet bepaald met ónze tijdreke-ning werkt, misschien is een eeuw maar een vleugje tijd. Wat denk je ervan?"

„Dat wij daar dan weinig aan hebben," zei Esmé, de realiste, diep teleurgesteld. „Dat is dan heel gek, hoor, dan moeten wij dus de heleboel opknappen voor mensen die over honderd jaar leven. Ook leuk!"

„Ja, maar zo is het toch wel. We kunnen het nou ook grondig ver-knoeien voor de mensen van de toekomst en als ik je commen-taar zo hoor, denk ik dat je het best een beetje begrijpt. Maar laten we er nou maar over uitscheiden, Esmé."

Achter Nuncia liep Esmé zwijgend naar beneden en was de rest van de middag erg stil en nadenkend.

Een brokje veiligheid begon af te brokkelen, de deuren naar de wereld waren opengegaan en voor het eerst was Esmé bang voor alles wat een mens kan verliezen.

„Wat ben jij stil, is er iets?" vroeg mevrouw Francke.

Toen Esmé even naar haar kamer was om een boek te zoeken, keek Esmés vader vragend naar Nuncia, die bezig was, met hulp van haar pleegmoeder, een ingewikkelde trui te breien. In de ogen van vader Francke zag die er uit als een bonte lap vol kraal-tjes, fladdertjes en veertjes.

„Moet dat nou echt een trui worden? Eh… en wat mankeert Esmé? Ze doet zo vreemd."

„Dit wordt een héél bijzondere trui. Over een paar maanden, als het herfst wordt, is-ie wel af. Grijns niet zo. Wat Esmé betreft, we hadden een heel diepzinnig gesprek. Over de wereld en de vrije wil."

„Dat heeft ze dan nog niet verwerkt," merkte Esmés vader droog op.

„Geen wonder, groter geesten kunnen dat evenmin. Jij wel, mama?"

„Ik? Welnee." Esmés moeder zat steken te tellen en keek wazig op. „Je maakt me in de war. Als Esmé dénken wil, moet ze dat maar doen. Tot nu toe heeft ze altijd gedacht, dat ze op het randje van een grote pot honing woonde. Ja toch?"

Esmé was die dag nergens meer toe te bewegen, haar vader ging met de hond een wandeling maken en vroeg aan zijn dochter of ze meeging voor de gezelligheid maar ze weigerde.

's Avonds, toen de meisjes al naar bed waren zat Esmés vader tamelijk ongeïnteresseerd naar een natuurfilm te staren, die niet was wat hij ervan had verwacht. De hond lag luidruchtig te slapen met zijn neus op de schoenen van de baas en Esmés moeder zat de broddellap, die de trui van Nuncia dreigde te worden, voorzichtig te herstellen. De deur kierde open en Esmé, in een lange roze nachtpon op roze pluche slofjes, gleed naar binnen.

„Ik kan niet slapen!" klaagde ze.

„Nou, dan kom je toch gezellig even bij ons zitten." Vader Francke zette de tv af en Esmé krulde zich met een diepe zucht van genoegen op de bank, dicht naast haar vader, hij sloeg zijn arm beschermend om haar heen.

„Mag ik een koekje en een glas melk?" vroeg Esmé en haar moeder legde de trui neer om het gevraagde te gaan halen, pas daarna voelde Esmé zich weer een beetje gezellig en vertrouwd. Ze knabbelde op het koekje en mama pakte de mishandelde trui weer op.

„Ik vind het gezellig hier," zei Esmé na een lange stilte. „Mag ik nog een koekje? Ik vind het niet dáárom gezellig, hoor… maar omdat jullie er zijn."

Ze nam het koekje aan en vergat het op te eten. „Het zou heel

naar zijn, héél naar, als jullie er niet waren, zoals... zoals de vader en moeder van Nuncia... Dat het zo maar kan. Toen werd ik
opeens zo vreselijk bang. Jullie gaan toch nooit weg, hè?"

„Dat zijn we niet van plan, lieverd." Esmés vader streelde geruststellend het blonde haar van zijn dochter. „Maar niemand weet
ooit, wat er kan gebeuren. Dat klinkt hard, Esmé, maar als je
veel van iemand houdt, ben je in een hoekje van je hoofd en van
je hart altijd bang. Omdat die ander zo'n kostbaar bezit is en als
jij gaat fietsen, denken wij: als Esmé maar goed uitkijkt als ze de
laan uitrijdt, als er nou eens een auto komt? Maar je mag er niet
aan toegeven, want het zou erg vervelend zijn voor jou als wij je,
net als jij met de poes van de buren deed, almaar aan een lijntje
achter ons meesjorden... begrijp je wat ik bedoel?"

„Ja, maar wat moet je er dan aan dóen?" Esmé nam verstrooid
een hap van het koekje, het smaakte haar niet.

„Nou... blij zijn met de fijne tijd en niet almaar voor jezelf uit-
hollen. Als je dat wel doet, heb je ook niets aan je góede uren.
Nu zitten we hier en hebben het fijn, over tien jaar ben je misschien in het buitenland en wonen wij heel anders, omdat het
huis te groot is geworden zonder onze meisjes, maar daar hoef
je nu nog niet aan te denken, want iedere verandering hoeft nog
niet akelig te zijn. Je groeit gewoon naar zulke veranderingen
toe."

„Ik ga nooit weg," zei Esmé beslist en herinnerde zich dat vele
jaren later nog.

„Voorlopig ben je nog onze kleine meid." Esmés moeder legde de
trui weg en kwam naast haar man en dochter op de bank zitten.

„Hè ja, gezellig," genoot Esmé met haar plotseling ontstane behoefte aan warmte en veiligheid, die niet zo vanzelfsprekend
waren als ze altijd had aangenomen en die ze nu zoveel mogelijk
bevestigd wilde zien. „Jullie gaan toch niet scheiden, hè?"

„Dat zijn we absoluut niet van plan." Over Esmés blonde hoofd
keken haar ouders elkaar verschrikt aan. „Hoe kom je daar nou
bij?"

„De vader en moeder van Elaine bij mij op school gaan uit
elkaar... Ze doet alsof ze het niet erg vindt, maar laatst huilde ze
erom. Bedoel je dat, met dingen die gebeuren maar die je tevoren niet wist?"

26

Het leven was voor Esmé plotseling vol onzekerheden.

„Ja, dat is natuurlijk ook één van die dingen, maar ik kan je, wat dat betreft, die angst ontnemen. Mama en ik zijn van plan om bij elkaar te blijven, we hebben geen van beiden ook maar een schijn van behoefte om weg te gaan. Hè mama?"

„Mijn lieve Esmé," bevestigde mama op haar rustige wijze. „Het zou wel erg verdrietig zijn als er géén goeie huisgezinnen meer bestonden, met mensen die van elkaar houden en dat is natuurlijk ook zo: Er wordt vaak over de mislukkingen gepraat, want dat is sensatie. Maar de gewone, goeie dingen... ach, daar valt zo weinig over te vertellen. Ga je nu niet extra allerlei narigheid in je bol halen, want dat is ook overbodig, hoor. Ik zou je aanraden nou maar lekker te gaan slapen."

Esmé kuste met bijzonder veel overtuiging haar vader en moeder goedenacht en bij de deur zei ze nadrukkelijk: „Ik wil jullie altijd houden! Jou èn jou... èn mijn zusje Nuncia. Geloof je, dat als je heel góed wenst, dat het helpt?"

„Ja. Ik geloof dat goede, sterke gedachten altijd helpen."

Esmés moeder glimlachte en knikte bemoedigend tegen haar dochter. „Slaap lekker, schat."

De deur ging dicht, Esmé ging zeldzaam geruisloos naar boven.

„Het zit toch nog niet helemaal goed," zei Esmés vader zacht. „Zo'n wervelwind als ze ook is, oppervlakkig is ze beslist niet en zoals ze aan Nuncia hangt... Ik vind het vaak ontroerend, maar ook een beetje angstig. Nuncia is veel ouder en je kunt verwachten dat ze over enkele jaren aan een eigen leven toe is... ver van ons, dat voel ik aankomen. Nuncia, zo lief als ze ook is, heeft vreemde, onvermoede kanten aan haar karakter waar ons kind zich best nog eens aan kan stoten."

„Onzin, Nuncia is gek op Esmé, dat weet je en ze heeft het bewezen," zei mevrouw Francke, tamelijk kortaf. „Haal de spoken niet binnen. Zo... dit karwei is ook geklaard. Ik hoop, dat Nuncia niet opnieuw zo'n puinhoop van die dure wol maakt. Het is een schat van een kind maar breien... ho maar!"

„Maak jij 'm dan voor d'r af," stelde Francke gemakzuchtig voor.

„Dat, mijn dierbare echtgenoot, kon je béter weten!" plaagde mevrouw Francke. „Nuncia knapt alles zélf op en al wordt dit hier een heel gek vod, en dat zie ik aankomen, drágen doet ze het want dan heeft ze het zélf gemaakt. Mijn gepruts aan haar mees-terwerk is hoge uitzondering, omdat de hele zaak volledig in de knoop zat en ze geen kant meer uit kon… zo zit dat, snap je?"

In later jaren dachten ze nog wel eens aan dit speelse gesprek terug, toen de geschiedenis met de trui de korte inhoud bleek te zijn van Nuncia's latere leven.

HOOFDSTUK 3

Nuncia was achttien en Esmé twaalf jaar, toen Haio Toussaint in Nuncia's leven kwam. Verrassend, omdat Nuncia al in haar schooljaren het buitenbeentje was, dat niet van uitgaan hield, niet mee te krijgen was naar de disco en officieel de saaiste piet van de klas. Ofschoon niemand een hekel aan haar had, want daar was ze te zelfbewust en rustig voor… en te mooi, viel ze toch buiten het gewone patroon. Met Nuncia viel op geen enkel gebied iets te beginnen, ze gaf ook niets om de meest bewonderde stoere klasgenoot, waarvoor alle meisjes vielen en wat er van haar gezegd werd, liet haar koud. Een zacht karakter met een laagje beton op de bodem. Wie dat verzonnen had was niet duidelijk maar degene die het gezegd had, beschikte over opmerkingsgave en een beeldend vermogen. Niemand wist, wat haar bewoog. Nuncia leerde heel gemakkelijk en ze mocht zonder meer studeren, het geld dat haar grootmoeder voor haar studie had vastgelegd was meer dan toereikend maar een gedrevene voor een bepaalde studierichting was Nuncia niet. Rechten? Ach ja, wel aardig, maar toch… Sociologie? Nee, daar had ze geen zin in. Arts? Nee, ook dat was het niet. Ten slotte kwam ze met de verpleging, omdat ze daardoor, als ze nog eens wilde worden uitgezonden naar de derde wereld, niet met twee linkerhanden zou staan.

„Best," zeiden haar pleegouders. „Je moet het zelf weten, maar als je dát wilt heb je nog meer aan een doktersstudie, nietwaar?" „Jawel, maar ik wil de verpléégster zijn… niet de dokter," hield Nuncia koppig vol. „Ik wil dat nou eenmaal."

Het lukte haar vrij snel om geplaatst te worden in het nieuwe streekziekenhuis, zodat ze haar vrije tijd thuis kon doorbrengen. Esmé miste haar voortdurende aanwezigheid toch al zo en opnieuw ging het zoals op school. Nuncia ging rustig haar eigen weg, was wel vriendelijk en hulpvaardig, kon met iedereen goed opschieten, maar er bleef altijd een grens tussen haar en de anderen. De eeuwige flirts, de romances, ze interesseerden haar niet, al luisterde ze wel en af en toe kon ze dan ook vrij scherp voor haar mening uitkomen. Dat de druiven zuur waren kon niemand haar vertellen, want Nuncia met haar zwarte ogen en zwarte haren in het bleke, fijnbesneden gezichtje was een genoegen om naar te kijken en dat kon geen mens ontkennen.

„Ze is onverzettelijk… van beton," zei een geïrriteerde collega eens. „En net zo gezellig als de Mona Lisa, die zegt ook niks… en lacht alleen maar geheimzinnig…"

„Mona Lisa lacht niet eens echt… misschien had ze geen mooie tanden," veronderstelde haar gesprekspartner. „Dat kun je van háár… Nuncia… ook al niet zeggen. Moeders mooiste is een enorm saaie truttebol… da's zeker."

„Ja, maar ze kletst ook niet en ze is zo gesloten als een ijzeren pot."

Ze keken naar het tafeltje in de hoek, waar Nuncia eenzaam van haar lunch genoot en intussen een brief las.

„Nou zal je het hebben!" fluisterde een van de drie meisjes, die over Nuncia hadden gepraat. „Daar krijgt er dadelijk een 'n enorme veeg uit de pan. Hij is er pas… de stumperd… en weet nog niet beter."

Sinds enkele dagen was er een nieuwe dokter aan het ziekenhuis verbonden, een lange, vrolijke blonde jongeman met een eigenzinnige kuif, lachende blauwe ogen en een gebruind uiterlijk, dat aan veel watersport deed denken. De meisjes hadden hem meteen 'de Viking' gedoopt. Haio Toussaint laveerde met zijn lunch naar het tafeltje waaraan Nuncia zat. Het was een moderne, openbare kantine, dus geen aparte eetzaal voor de diverse rangen en standen.

„Is deze tafel verder vrij, Marietje Jansen?" vroeg Haio.

Nuncia keek verbaasd op, daarna draaide ze haar hoofd naar links en naar rechts. „Ik zie Marietje Jansen niet," merkte ze laconiek op. „Maar de tafel is verder vrij… zoals u ongetwijfeld ziet. Ik ben toch zo klaar."

„Ik ben Haio Toussaint." Hij ging zitten en lachte kameraadschappelijk, zonder het vleierige effect, waar ze absoluut niet tegen kon.

„Het was flauw van me om Marietje Jansen tegen je te zeggen, maar dat komt, omdat het volgens mij, absoluut onmogelijk is, dat jij zo heet. Je bent nou eenmaal niet bepaald het oerhollandse type met de blonde haren en de blauwe ogen… zoals ik."

„Maar ik heet toevallig wél Marietje," lispelde Nuncia preuts en ze sloeg snel haar ogen neer, zodat hij de ondeugende twinkeling niet zou zien.

„Dat kan niet," zei hij beslist. „Dan toch geen Hollands Marietje, wel?"

„Nee, een Chileens Marietje," ze schoot in de lach, ze vond de man een uitzondering op het gewone patroon. „Ik vind Haio ook een wonderlijke naam, eerlijk gezegd, maar hij past wel bij je."

„Hoe heet je nou werkelijk?" Hij liet het compliment over zijn naam onbeantwoord. „En waar ben je geboren? Het is natuurlijk best mogelijk, dat je wieg toch in Nederland heeft gestaan."

„Ohoh, wat zijn we nieuwsgierig! Niemand weet, dat ik Repelsteeltje heet!" plaagde Nuncia, ze dronk het laatste slokje koffie op en schoof haar stoel terug. „Mijn wieg stond in Chili en de naam is Maria Annunciata Cartez-Contreras. Nu tevreden gesteld?"

Ze knikte en liep weg. Haio Toussaint was zijn lunch vergeten en staarde Marietje na.

„Die is meteen verloren… de arme," fluisterde Nuncia's collega sarcastisch. „Zo krijgen we dan toch nog de aloude romance… dokter wordt verliefd op aankomend verpleegkundige, alleen kon de afloop wel eens anders zijn, omdat het met Nuncia kwaad kersen eten is."

„Wie weet, misschien valt ze voor de stoere Viking. We zullen de affaire met aandacht volgen." Ze liepen giechelend samen weg, want een beginnende romance is immers altijd de moeite waard om over te fluisteren, te roddelen en jaloers te zijn. Er kwam weinig schot in de zogenaamde romance. Nuncia en Haio groetten elkaar en Haio probeerde wel eens een praatje te maken maar dat was niet bepaald opzienbarend en hij kon het natuurlijk ook niet zo uitrekenen, dat hij telkens bij haar aan tafel kwam, aangezien hun diensten en werkzaamheden hen ook niet bijeen brachten. Nuncia betrapte zich erop, dat ze voorzichtig naar Haio uitkeek en dat ze teleurgesteld was als ze hem weer niet had gezien of alleen maar in de verte, druk pratend met anderen en zonder speciale belangstelling voor 'Marietje Jansen'. Ze deed thuis nogal afwezig, zodat haar pleegmoeder, nadat ze drie keer een vraag had herhaald, ongeduldig vroeg: „Waar zitten je gedachten toch, kindje? Ik zou bijna gaan denken, dat je verliefd bent... dat kan toch, nietwaar?"

„Nou, het is toch niet de enige reden om afwezig te zijn?"

Nuncia kreeg een kleur, wat bij haar, omdat ze zo'n matbleke huid had, meteen erg zichtbaar werd, waar Nuncia een vreselijke hekel aan had.

„O, Nun... wat léuk!" Natuurlijk stak Esmé onmiddellijk haar eigenwijze neus in de zaak. „Wie is het... toe zeg eens... wie is het. Kennen we hem?"

„Nou kind, je zus loopt niet bepaald met bosjes vrienden rond," riep haar moeder de uitbundige dochter tot de orde. „Doe niet zo mal, je zus wéét blijkbaar niet eens, dat ze verliefd is... nietwaar, Nun?"

„Pestkoppen," zei Nuncia met weinig ontzag maar ze begon toch te lachen. „Als het zover is, hoor je het wel, maar er is echt niets te melden."

Ze liep de kamer uit en Esmés stem achtervolgde haar: „Flauwe meid, het is natuurlijk wél waar en waarom mogen we nou niet weten..."

Het geluid werd gesmoord, mama zei kwaad: „Blijf niet drammen, Esmé en bemoei je niet met Nuncia's zaken. Het is nu leuk geweest maar je moet nooit aan de gang blijven met grapjes, want dan worden die grapjes stomvervelend, begrepen?"

Esmé bromde iets, dat op „stom gedoe" leek maar herhaalde het liever niet hardop, toen haar moeder streng vroeg, wat ze nog te vertellen had en of ze dit dan hardop wilde zeggen.

Intussen ging de geschiedenis met de niet te vangen Nuncia Haio op de zenuwen werken. Hij had wel degelijk belangstelling voor het vreemde meisje, dat zich absoluut niet toeschietelijk toonde en gedachtig een oud, belachelijk gezegde van zijn vader, meende Haio ongeduldig: „Je kunt, verdraaid, nog eerder een snoek op zolder vangen, dan Marietje Jansen strikken voor een gewoon, gezellig gesprek."

Langs allerlei voorzichtige omwegen kwam hij er ten slotte achter, dat Maria Annunciata Cartez-Contreras, zijn 'Marietje Jansen' om acht uur met de bus naar haar ouderlijk huis zou gaan en als het even mogelijk was, thuis ging slapen. Nuncia die verveeld op de bus stond te wachten, die tien minuten te laat was, zag een vreemd laag open autootje voor haar neus stoppen.

„Wat een gek ding... waar dát uit opgebouwd is..." prevelde ze om daarna tot de ontdekking te komen, dat Haio achter het stuur troonde en blijkbaar, ondanks zijn lengte, comfortabel zat. „Mag ik je thuisbrengen?" vroeg hij hoopvol.

„Denk jij, dat die gekke auto van je een dubbel gewicht houdt?" vroeg Nuncia. „Sorry, hoor, maar ik vind het een gek ding, komt-ie uit een bouwpakket?"

„Hij heeft wel iets met huisvlijt te maken... ja. Stap maar in, het valt echt mee en het kan geen kwaad." Ze stapte gemakshalve maar over het portier heen en de zitting was zo diep, dat ze weinig elegant neerplofte. Ze siste tussen haar tanden en Haio grinnikte.

„Het is er wél een met gebruiksaanwijzing, maar hij rijdt goed," beloofde hij en het vehikel spoot weg, zodat Nuncia het gevoel had dat ze per raket gelanceerd werd. De motor liep in ieder geval gesmeerd en maakte niet het oorverdovend lawaai dat Nuncia had verwacht, zodat een gesprek ook nog mogelijk bleek.

„Ik zie je altijd alleen maar snel voorbijschieten," opende Haio het gesprek, want Nuncia zei niets. „Jij bent zeker niet de drukste thuis?"

„Nee, dat is m'n zusje Esmé." Haar stem kreeg zoveel warmte, dat Haio er onmiddellijk op reageerde: „Je bent dol op haar, hè?"

„Ja, ik houd heel erg veel van m'n pleegouders... het zijn schatten, maar mijn zusje Esmé is mijn alles... daar mag niemand aankomen. We voelen ons voor honderd procent zusjes, maar zijn het niet, ik ben als twaalfjarig meisje daar in huis gekomen... maar dat is een andere geschiedenis."

„Ja? Jij bent niet zo vlot met het vertellen van je levensgeschiedenis, maar waarom zou je dat ook doen, nietwaar. Ik neem aan, dat het niet zo'n vrolijk verhaal is... een klein Chileens meisje is natuurlijk niet zo maar bij Hollandse pleegouders terecht gekomen."

„Het is wel tragisch... ja, maar ik loop er inderdaad niet zo mee te koop. Ik heb een heerlijk thuis gekregen en daar ben ik heel erg blij om. Het woord 'dankbaar' mag ik niet eens van mijn heel lieve pleegouders gebruiken... maar ondanks al het goede in m'n leven kan die voorgeschiedenis natuurlijk toch nooit uitgewist worden, het hoort nu eenmaal bij mijn leven, zie je. Ik weet niet of ik nog ergens familie bezit... het is een vreemd, onrustig gevoel als je zoiets helemaal niet weet, maar de mensen die ik liefheb, die echt bij me horen zijn mijn pleegouders en mijn zusje Esmé... hun dochter. Goed... ik wil het er één keer over hebben en dan niet meer. Ik woonde bij mijn grootmoeder... in Chili, waar ik ben geboren. Mijn vader werd tijdens een rel doodgeschoten, mijn moeder was zangeres en trok met een folkloristische dansgroep door het buitenland. Mijn grootmoeder is met mij naar Nederland gegaan... in feite gevlucht, maar zij kende Nederlandse mensen, die nog enkele jaren in het buitenland zouden blijven en dat huis mochten wij voor onze zogenaamde logeerpartij gebruiken. Dat kwam die mensen goed uit, heb ik later gehoord, omdat de mensen die hun huis voor twee jaar hadden gehuurd, door bijzondere familieomstandigheden weg wilden... Wij hebben er toen samen gewoond, tot mijn grootmoeder vrij onverwacht heel ziek werd en ik in paniek naar de buren... mijn huidige pleegouders... ben gerend. Ik was, na de dood van m'n grootmoeder, al meer dan een jaar bij hen, toen de oorspronkelijke eigenaars van het huis uit Chili terugkwamen, maar zij hadden ook niets meer van mijn moeder gehoord of gezien... ja, dat is het dan wel... en zo ben ik hier gebleven. Of ik voor de rest familie heb, ach... dat interesseert me niet zo, ik had in ieder geval geen broers of zusters... en alle eventuele ooms en tantes en nichtjes en neefjes... daar gaat het me niet om, maar wel om mijn moeder, zie je. Dat vind ik wel erg, maar ik kan er niets aan doen. Mijn pleegvader heeft zoveel moeite gedaan om haar op te sporen, zonder resultaat. Echt vergeten doe ik het nooit maar er ontzettend onder lijden evenmin, gewoonweg omdat ik het thuis... en het ís echt m'n thuis... zo fijn heb... en dat is dan alles wat ik te vertellen heb."

Ze had het zo rustig en helemaal niet dramatisch verteld en Haio zei tamelijk zakelijk: „Geen alledaags verhaal over de jeugd van een kind. Jij hebt tenminste nog alle geluk gehad met je huidige ouders en zusje."

„Dat zei ik al en ik ben blij, dat je tenminste niet sentimenteel reageert," zei Nuncia een tikje vinnig.

Haio was een goed psycholoog en had onmiddellijk door, dat hij blijkbaar toch een beetje te onverschillig had gereageerd en dat vond Nuncia ook niet aangenaam.

„Ik reageer misschien vreemd," zei hij verontschuldigend. „Tussen sentimenteel reageren en zo onverschillig als ik het deed ligt een wereld verschil en vergeet ook niet, dat jij als het ware uitstraalt: Tot hiertoe, maar beslist niet verder. Ik vertel het je maar bespaar me je commentaar. Misschien bedoel jij dat dan weer niet zo, maar het komt wel zo over."

„Ach ja… ik ben ook niet gewend om daar veel over te praten… niet met vreemden… zelfs heel weinig met mama en papa… Het is gek, dat ik met Esmé, die notabene zes jaar jonger is, altijd heb kunnen praten. Ik ben heel erg introvert." Nuncia's stem klonk zacht en verontschuldigend.

„Nou, dat laatste is ons allemaal al heel lang duidelijk, dat wil zeggen… andere mensen vertelden het mij, want ik ben hier nog niet zo lang. Kijk maar niet zo boos, er is niet over je geroddeld. Ik heb gezegd, dat ik je een aardig meisje vond en toen werd mij gelijk duidelijk gemaakt… eh…"

Hij zweeg verschrikt en keek snel even terzijde.

„Wat zeiden ze… zég het maar…" fluisterde Nuncia, er schitterden lichtjes van pret in haar donkere ogen. „Het zal beslist niet vleiend zijn geweest, maar nu wil ik het ook weten."

„Ze zeiden dat ik niet moest proberen op jou verliefd te worden, want dat het onbegonnen werk was… wat zeg je daarvan? Is dat zo?" informeerde Haio zakelijk en net zo zakelijk antwoordde zijn passagiere: „Wat een onzin. Je hoeft toch niet meteen verliefd te worden als je denkt, dat een meisje er aardig genoeg uitziet om haar aan te kijken? Ik vind dat zo'n opgehitste toestand, altijd dat gezeur. Ik vind jou ook best aardig, maar daarom hoef ik me nog niet meteen te verbeelden, dat ik verliefd op je ben of dat zoiets nodig móet als je eens gezellig met elkaar praat of meerijdt, zoals nu."

„Prima kind," zei Haio tevreden. „Ik zeg het niet omdat de druiven zuur zijn, maar ik ben ook niet van plan om op wie dan ook verliefd te worden en daar heb ik zo mijn redenen voor, snap je?"

„Nee, dat begrijp ik niet maar ook dat maakt niets uit." Nuncia schoot in de lach en vermoedde, dat er op de achtergrond van zijn leven wel een vriendin zou bestaan. Op dat ogenblik vond ze dat niet bezwaarlijk.

„Je bent toch niet getrouwd, hè?' vroeg ze. „Ik heb geen zin in een dubieuze vriendschap. Ik bedoel, in dat geval rij ik niet met je mee want er wordt direct gepraat en dat vind ik niet zo erg voor mij, maar het lijkt me ellendig voor je eventuele echtgenote."

„Ja, maar die heb ik niet, dus wees gerust." Natuurlijk begon Nuncia er toen meteen over te peinzen, wat Haio voor ernstige redenen mocht hebben om meteen te zeggen, dat hij niets zag in een ernstige verliefdheid en een vaste relatie. Waarschijnlijk hield hij van veel afwisseling, dacht ze smalend. Hartenbreker Haio… zo zag hij er wel uit… een aantrekkelijke blonde Viking, die veiligheidshalve meteen vertelde, dat een meisje van hem niets te verwachten had en als ze toch meer dan vriendschap wilde, dit dan haar zaak was… niet de zijne. Een gewaarschuwd mens geldt ten slotte voor twee en Nuncia besloot zich meteen schrap te zetten.

„Deze boslaan in," zei ze. „Aan het eind wonen wij. Sinds jaar en dag, mooi en heel rustig."

„Om niet te zeggen eenzaam… maar daar houd ik wel van. Is het niet wat erg eenzaam als je 's avonds heel laat naar huis gaat?" vroeg Haio en ze meende zowaar bezorgdheid in zijn stem te horen.

„Ja hoor," gaf ze kalmpjes toe. „Maar papa is vreselijk zuinig op zijn meissies, zoals hij ons schertsend noemt, vooral sinds Esmé op zesjarige leeftijd door een onverlaat het bos in is gesleurd en ik gelukkig in de buurt was… helemaal twaalf jaar oud, maar ik ben die vent aangevlogen en hij is zo geschrokken, dat alles goed is afgelopen. Ik had nog enkele attributen van hem afgerukt, de politie heeft 'm gepakt en sindsdien gaan Esmé en ik als gezworen kameraden door het leven, we gaan voor elkaar door het vuur. Sindsdien staat pap als een trouwe wachter bij de bushalte als een van zijn dochters in aantocht is… Esmé is natuurlijk nog niet zo veel of zo laat weg, tenzij naar een vriendin of fuif en dan wordt ze afgehaald, hoe erg ze dat in haar hart ook vindt, maar midden in de nacht langs een eenzaam bospad, waar geen huis staat, dat is om narigheid vragen, vandaar. Het is net een sluis naar ons eenzame huis, dat pad."

Het wagentje stopte voor het huis, de deur ging open en Francke stak zijn hand op. „Je bent een halfuur eerder... een bofje voor mij!" Hij liep naar hen toe, begroette Haio en in het gekke wagentje van Haio vonden ze meteen zo'n interessant onderwerp van gesprek, dat Nuncia allang haar eerste kop koffie op had, toen de beide mannen in druk gesprek gewikkeld binnenkwamen.

„Wat een leuk wagentje, hè?" zei Francke enthousiast maar Esmé was de enige die dit gul beaamde. Mevrouw Francke glimlachte en vroeg of Haio koffie wilde, Nuncia zei de waarheid: „Ik vind het een oerlelijk gek wagentje, maar het rijdt bijzonder fijn, dat is waar."

„Nuncia!" fluisterde mama ontzet. „Doe niet zo bot!"

„Nou, het is toch de waarheid?" zei Nuncia kalmpjes en met een stralende lach naar de bezitter van het wagentje: „Het is een prima rijdend monster, maar Haio zal er zijn bedoeling wel mee hebben om juist in dat ding rond te willen rijden. Het valt best op."

Haio meende een tikje venijn te horen in de vriendelijk geuite woorden, die hem vaag bekend voorkwamen en eerst op weg naar huis drong het tot hem door, dat ze min of meer zijn opmerking over zijn 'bedoelingen' om niet verliefd te worden had gerepeteerd.

Haio, de man boordevol heimelijke bedoelingen, de charmeur, om op te vallen rondscheurend in een idioot opvallend autootje! Hij floot vals een liedje... omdat hij zo blij moest zijn... en het niet was... omdat hij een aardig beschermend laagje rond Haio himself had opgetrokken. De mooie Nuncia, zo aardig als ze ook was, leek hem te koel en beredeneerd om zichzelf toe te staan verliefd te worden op een man, die haar al meteen min of meer had laten weten, dat ze, wat hem betrof, geen illusies behoefde te koesteren.

Esmé was natuurlijk romantisch en daarom dol enthousiast over de knappe vriend van haar zusje, te meer omdat Nuncia nog nooit iemand mee naar huis had gebracht. Dat had ze trouwens nu ook niet gedaan, Haio was door de heer des huizes binnengehaald. Esmé wilde het natuurlijk anders zien.

„Nou, hij bracht je dan toch maar thuis," riep ze snibbig uit. „Jij dóet altijd zo vervelend. Is hij verliefd op jou of jij op hem?"

„Geen van beiden, zover mij bekend, Esje. Ik ken de man amper, we hebben een keer hetzelfde tafeltje gedeeld in de eetzaal wegens plaatsgebrek en gezellig gepraat en daarom gaf hij me vanavond een lift."

„Nou ja, je moet ergens beginnen!" Esmé trok in het voorbijlopen wraakgierig aan de lange donkere haren van haar zusje, omdat deze haar romantische dromen zo wreed had verstoord.

Nuncia en Haio gingen elkaar de daaropvolgende dagen toch min of meer uit de weg, ze zochten elkaar beslist niet.

„Moet ze je niet? Een blauwtje gelopen?" Het grote refrein rond de voortdurende plagerijen rond Haio, Nuncia ging het niet beter van de kant van haar collega's. Hoe keihard de mentaliteit van de mensheid ook wordt op ieder gebied en hoe glansloos het onderwerp sex ook behandeld en gehanteerd wordt, de romantiek wint het toch altijd. Nog altijd willen mensen zo zielsgraag alles weten, dat ze onbeschaamd dreigen te worden. Of 'het iets is' tussen twee mensen, daar leven de roddelbladen van! Nog altijd wil iedereen zo graag weten of die twee filmsterren die zo goed samen speelden, in werkelijkheid ook 'iets' met elkaar hebben en nog altijd loopt men te hoop om 'bruidje' te kijken. Misschien is dat op zichzelf vrij hoopvol en een tegenwicht voor het feit, dat kinderen tegenwoordig via de televisie en de video met zoveel geweld worden overvoerd, dat ze niet beter weten dan dat zelfs een onbetekenend conflict tegenwoordig niet met de eerlijke vuisten maar met een mes wordt beslecht of met een schietwapen. De stumperds zien niet anders en zonder geweld is het allemaal duf, slap en romantisch… jawel! Intussen danste men de romantische toer rond twee mensen, die sterk de aandacht trokken door hun uiterlijk en die elkaar, dat wist iedereen zéker, expres meden. Ruzie of geheime samenkomsten? Zo roddelde en spitte men verder maar er gebeurde niets bijzonders, niemand betrapte hen op geheime blikken, ze maakten de indruk elkaar niet te zien of niet te willen zien. Tot het Haio, enkele weken nadat hij Nuncia had thuisgebracht, zo ging vervelen, dat hij meteen naar Nuncia's tafeltje koerste, toen ze zat te eten en vroeg: „Mag ik hier komen zitten? Ik weet dat er elders genoeg plaats is, maar misschien helpt het als we doodgewoon samen aan één tafel eten en lachen en praten... als jij tenminste ook zo genoeg krijgt van dat eeuwige insinueren..."

Nuncia was te eerlijk om net te doen alsof ze hem niet begreep. „Ja, het is erg vervelend, maar ik kan er ook niets aan doen." Ze keek naar hem op en kleurde door de onverholen bewondering die ze in zijn ogen las. „Ik voel me zoals mensen zich moeten voelen, die voortdurend door de roddelpers achterna worden gezeten. We doen wijs, als we gewoon samen praten en waarom doen we dat dan ook eigenlijk niet? Jij bent begonnen met mij te ontlopen."

„Nietwaar, dat heb jij gedaan," weersprak Haio. „Ach... laten we daarover maar geen woorden krijgen. We hebben allebei vreemd gedaan en dat voelen de anderen misschien toch aan. Waarom deden we dat... weet jij het?"

Nuncia schudde ontkennend haar hoofd en Haio zei zachtjes: „En dat jok je. Ik denk, dat jij, net zo goed als ik, weet, dat we verkeerd zijn begonnen. Jij vertrouwde mij niet door een paar opmerkingen van mij, waarvan je niet kon weten, wat er achter steekt... eh... hoeveel paar ogen, denk je, zijn er momenteel op ons gericht?"

„Niet... eh... niet veel," stotterde Nuncia na een haastige blik. „Waarom... waarom vraag je dat?"

„Blijf je braaf door eten als ik dingen zeg, die je niet verwacht?" informeerde Haio, hij was bezig het stuk vlees op zijn bord te versnijden tot vogelhapjes, gewoonweg omdat hij geen zin had in eten.

„Dat weet ik niet," fluisterde Nuncia en met een ondeugende pretglans in haar ogen: „Als je geen kruimel vlees meer hebt om te vernielen, begin je dan aan de boontjes?"

„O... dát... tja!" Haio bekeek afwezig het resultaat van zijn hand-vlijt, waarna hij het bord resoluut wegschoof. „Nuncia, het was niet de bedoeling, maar weet je, waarom al die lui zo gek doen? Eenvoudigweg omdat ze allang door hebben wat jij niet schijnt te willen zien: Ik ben tot over mijn oren verliefd op jou... heel ernstig verliefd... niet meer te redden door weglopen of negeren... begrijp je, Nuncia?"

„Waarom zou je weglopen?" Nuncia's grote donkere ogen keken

hem peinzend aan. „Is het dan een ramp... verliefd te worden? Voor jou schijnt dat wel zo te zijn... nietwaar? Ik voelde dat vanaf het begin en daarom trok ik me terug. Ik wilde niet, dat je dacht... dat ik... eh... de jacht had geopend, zie je."

„Nee, dat heb ik niet gedacht. Jij bent veel te trots. Nuncia, ik vind het niet prettig, dat we dit gesprek hier moeten houden, maar we zien elkaar bijna nooit... vandaar. We kennen elkaar nog maar zo kort... we kennen elkaar eigenlijk helemaal niet... maar ik werd wel reddeloos verliefd op je en dat is voor mij geen goede zaak. Ik ben hier namelijk voor een korte, aanvullende opleiding maar binnenkort vertrek ik naar het buitenland."

Haio keek haar strak aan, hij zag de donkere ogen bijna onnatuurlijk groot worden en het laatste spoortje kleur trok weg uit het toch al zo bleke gezichtje. Ze bleef hem hulpeloos aanstaren, niet in staat om iets te zeggen. „Nuncia!" Haio legde zijn hand op de hare, hij dacht niet eens meer aan zijn omgeving. „Schrik je ervan?"

„Ik doe toch nooit iets anders dan mensen verliezen!" Ze trok haar hand los en veegde met de rug van haar hand langs haar ogen, het was een ontroerend, kinderlijk gebaar, dat niet bij de rustige, zelfbewuste Nuncia paste en haar stem was zacht en onvast. „Mijn ouders, mijn grootmoeder, heel mijn familie en achtergrond... mijn land... en altijd de angst... dat ik ooit mijn pleegouders... en Esmé zal kwijtraken... dat is een fobie... die eeuwige angst... ook Esmé kent dat gevoel en toch... hoe je je ook wapent... maar daar wil ik niet verder over praten. Mag ik weten, waarheen je gaat? De ontwikkelingslanden?"

„Nee, dat niet, maar ik ben nogal avontuurlijk. Ik zag mezelf niet als huisarts in stad of dorp. Ik ontmoette jaren geleden... ik was toen net met m'n studie begonnen... iemand die in Australië bij de FDS is. Dat wilde ik ook graag en dat gaat dan binnenkort gebeuren. Het zal niet zo'n gemakkelijk leven zijn maar dat heb ik er wel voor over." Haio's felle blauwe ogen zagen op dat ogenblik beslist niet de kantine, zelfs niet het meisje tegenover hem, zijn gedachten waren heel ver weg, dat was zo duidelijk zichtbaar, dat Nuncia aarzelde maar hem ten slotte toch maar stoorde.

„Haio... het is misschien erg dom van me maar ik weet niet wat de FDS is en waar die organisatie zich bevindt," zei ze aarzelend. Haio's dwalende gedachten kwamen tot rust, waar ze dan ook geweest mochten zijn en hij werd zich weer bewust van twee ongewoon grote donkere ogen, die hem strak aan bleven kijken. „De FDS is de Flying Doctor Service... in Australië. Ik kom in Coober Pedy... de mijn is daar het belangrijkste object... geen kolen, maar opaal wordt er gewonnen... het is een opaalstadje. Erg luxueus wordt mijn leven daar beslist niet maar dat zoek ik ook niet."

Als hij daarheen gaat, zie ik hem nooit meer terug... hij gaat naar het andere einde van de wereld... Nuncia had geen commentaar op zijn woorden, ze bleef hem zwijgend en ontsteld aanstaren en voelde zich alsof ze een enorme duizelig makende dreun op haar hoofd had gekregen.

„Je zegt ook niet veel," plaagde Haio, toen Nuncia almaar onbeweeglijk bleef staren. „Lijkt het je niet avontuurlijk?"

„Het lijkt me afschuwelijk!" Ze duwde haar stoel achteruit om weg te kunnen lopen. „Je bent gek om het zover te zoeken. Rol maar niet van de wereldbol af... zover weg lijkt het me."

Hij schoot in de lach om de dwaze opmerking maar ze bedoelde het helemaal niet grappig en ze werd dan ook kwaad.

„Ik bedoel alleen maar te zeggen, dat je het moeilijk verder weg kon zoeken en jij weet niet anders te doen dan te láchen..."

Haio begreep niet, hoe hij op de ongenuanceerde uitval moest reageren, hij begreep er eenvoudigweg niets van. Hij wilde over zijn toekomst praten maar het enige wat er gebeurde... hij kwam nauwelijks aan het woord en de dame werd kwaad... heel gewoon kwaad. „Ik vind je reactie op zijn minst genomen vreemd. Het valt me ook van je tegen, omdat ik dacht, dat er met jou te praten viel." Hij zou het liefst zijn opgestaan maar hij deed het toch niet, ofschoon hij vrij kortaangebonden kon reageren en dat van zichzelf ook heel goed wist.

„Het spijt me, ik bedoelde het niet zo, maar zie je... ik ken niet zoveel mensen waarmee ik prettig kan omgaan... kan praten... en soms denk ik wel eens: Nuncia, waarom is bij jou toch alles zo anders... waarom kan je nou nooit eens vlot en gezellig zijn, mee doen met de hele groep... het ligt me niet en als ik leuk probeer te zijn, dan voel ik me zo'n enorme aanstelster. Ik kan mezelf eenvoudigweg niet voorbij lopen, anders kan ik het niet uitleggen. Soms vind ik iemand sympathiek... kan met hem of haar gezellig praten en lachen. Maar dan duurt het niet lang. Ze gaan altijd weer weg... het klinkt vreemd, maar het schijnt het noodlot voor sommige mensen te belichamen... de enige die blijven zijn Esmé en mijn pleegouders... waar ik zielsveel van houd. Ik vond het... prettig om met jou kennis te maken... met je te praten... maar ongeveer het eerste wat je me vertelt is, dat je binnenkort notabene naar Australië vertrekt. Het zal niet wáár zijn, denk ik dan opstandig... het is een frustratie... het mág niet... ik sluit geen vriendschappen... het mág niet en daarom viel ik zo tegen je uit. Dat is natuurlijk dwaas van me, want wat kan jij er aan doen?"

„Nee, niets... maar ik begrijp het wel en het is toch ook daarom, dat ik mijn vrijheid niet zozeer liefheb maar wel wil bewaren... en dat is moeilijk. Eerst zag ik dat niet zo en dan... opeens... wordt het een hele opgave. Je ontmoet... zo maar onverwachts in je werkomgeving een meisje, dat je méér doet, dan welk ander meisje ooit heeft gedaan... jij... waarom zou ik er een geheim van maken? Ik heb je met opzet ontlopen... wekenlang... het helpt niet... integendeel. Ik wil, dat je weet, waarom ik je eigenlijk liever niet meer wil ontmoeten. Ik maak het mezelf en jou onvoorstelbaar moeilijk. Toen ik destijds het plan maakte om naar Australië te vertrekken, was er niemand... o ja, mijn ouders en broer, maar dat is weer anders. Ik bedoel dat er geen vrouw in mijn leven was, die mijn plannen ook maar even aan het wankelen kon brengen. Nu is dat opeens wél zo en dat brengt enorme complicaties voor me mee. Ik kan nu niet meer terug."

„Misschien zou je dat ook niet eens willen," zei Nuncia zacht.

„Blindelings terug is een heel grote stap, die je niet gelukkig zou maken." Nuncia's ogen dwaalden van zijn gezicht weg en ze besefte met een gevoel van diepe moedeloosheid, hoeveel haar eraan gelegen was om bij Haio te zijn, ofschoon ze hem toch nog maar zo kort kende, maar daar vraagt liefde niet naar. Ze hoefde geen illusies te koesteren en het was goed, dat te weten.

„We zitten er mee en wat doen we ermee," zei Haio met een sombere wanhopige klank in zijn stem. „We kunnen nu wel om de hete brij heen blijven draaien, maar het is een hard feit, dat we elkaar te laat hebben ontmoet. Ik heb me ook eerder niet kunnen voorstellen... ik zou het niet hebben begrepen... erom hebben gelachen... dat het mogelijk is, dat er... zo maar van de ene dag op de andere een meisje in je leven komt binnenstappen en dat je weet... die of geen ander. Tenminste... zo is het bij mij gegaan en... eerlijk gezegd... is dat helemaal niets voor mij. Haio... de onverschillige, die nooit moeilijkheden zag... alles met en lach en schouderophalen afdeed. Mensenlief, wat ben ik verschrikkelijk tegen de lamp gelopen... door zo'n klein onvriendelijk meissie met roetzwarte ogen... hoe je dat hebt klaargekregen weet ik niet maar ik zit er wél mee."

„Jij wél..." Nuncia wist niet of ze moest lachen of huilen, ze deed geen van beide, met op de achtergrond toch het weten, dat nieuwsgierige ogen hen in de gaten hielden. Ze keek alleen met ogen die twee keer zo groot leken wanhopig naar de overkant van de tafel en verkruimelde een stukje brood tussen haar vingers. „En wat denk je van mij? Dacht je, dat ik zat te wachten op... dit? Nou, we weten het nu... laten we niet te emotioneel gaan doen, want dat helpt ons geen van beiden, temeer daar we, geen van beiden, op korte termijn hier weg kunnen lopen... maar wacht me niet meer op... kom niet aan m'n tafel zitten... laat me met rust. Je moet weten, dat ik nooit halve maatregelen neem, ook niet blijf hinken op twee gedachten."

Haio zat een ogenblik doodstil, het was zelfs drie tafeltjes verder te zien, dat hij wit werd. Toen schoof hij met een ruk zijn stoel achteruit en hij stond op, waarna hij, zonder nog een woord te zeggen, wegliep.

Het bleef even merkwaardig stil in de omgeving, toen fluisterde een collega van Nuncia tegen haar tafelgenote: „Blauw... maar dan wel erg hárdblauw!"

Haar tafelgenote schoot in een nerveuze giechellach en dat had ze beter niet kunnen doen, want de donkere ogen van Nuncia sproeiden vuur in haar richting. Ze stond op, om de zaal te verlaten, bij het tafeltje van de meisjes bleef ze even staan: „Ik hoop, dat je zulke dingen altijd amusant zult blijven vinden... ook als het ééns jezelf aangaat... denk dan nog maar eens aan vandaag... collega! Jullie allebei trouwens."

Toen vader Francke die avond zijn dochter bij de bus ophaalde zag hij meteen, dat er iets verkeerd was gegaan. Het smalle gezicht met de enorme donkere ogen tekende altijd zo overduidelijk blijdschap en verdriet. Als Nuncia blij en gelukkig was, dan sprankelde alles aan dat mooie smalle gezicht, als Nuncia ongelukkig was, zag niets er zo triestig, verregend en ongelukkig uit als het gezicht van Nuncia. Geen gezicht kon méér 'de spiegel van de ziel' genoemd worden als het gezicht van Nuncia. Ondanks het feit, dat Nuncia niet boos of chagrijnig deed, toen ze thuis de kamer binnenkwam, scheen de zon niet bepaald en Esmé dacht bezwaard: „Oh, hemel... er is iets mis gegaan... maar ze zegt er natuurlijk weer niets over."

In zo'n geval probeerde Nuncia ook niet om gezelliger te zijn dan ze zich voelde, omdat ze wist, dat men haar toch wel door had maar niets vroeg als ze zelf niets wilde vertellen. Ze hadden in de loop der jaren geleerd, hoe met Nuncia om te gaan, alleen vroeg mevrouw Francke met in het voorbijlopen een aai over Nuncia's haar: „Erg druk gehad, meisje? Ben je erg moe?"

„Nee hoor, niet bijzonder." Nuncia's glimlach naar haar moeder was opeens warm en stralend, één ogenblik maar, en, eerlijk als ze nu eenmaal was, voegde ze eraan toe: „Het is iets heel anders en jullie mogen het ook eigenlijk wel weten. Haio gaat naar Australië... daar is nou eenmaal niets meer aan te veranderen. Ik vind het zo erg." Het bleef enkele seconden heel stil, het nieuws moest even verwerkt worden. Mevrouw Francke sprak het eerst, ze deed het heel eenvoudig, zonder verwondering of schrik: „Afscheid nemen doet altijd pijn en het is dan ook niet zo... althans zo zie ik het... dat weggaan eenvoudigweg uit je omgeving verdwijnen is. Het maakt, ook alweer volgens mij nogal verschil, of iemand toch nog bereikbaar is, bijvoorbeeld in een van de ons omringende landen woont... of in Australië. Het klinkt zo onherroepelijk... het is zo erg ver weg."

„Ja, dat is het nou juist," gaf Nuncia triest toe. „Je kunt wel stellen, dat ik 'm nooit meer zie."

Esmé keek eens naar haar vader, die nog niet wist, aan welke kant hij het probleem moest aanpakken. Hij vond het vervelend om ronduit te vragen: „Is het omdat je een goede vriend verliest... daar kan geen mens echt goed tegen... of ben je verliefd op die knaap?"

Zijn eigenwijze dochter Esmé had niet zoveel remmingen, ze wierp zich fris en vrolijk in de strijd, door ronduit te vragen: „Zeg… Nuncia… vertel me nou eens… je bent gek op die knaap. Zeg maar gerust 'ja', want ik weet het tóch wel."

Pa en Ma Francke hielden hun adem in, maar Nuncia werd er niet boos om.

„Hier heb je dan je 'ja', gekke wijsneus," zei Nuncia, ze duwde met een gewoontegebaar, het zware donkere haar naar achteren. „Het doet er niet meer toe… het is een verloren zaak."

„O ja?" vroeg Esmé. „En waarom dan wel? Geeft hij niks om jou… da's dan beroerd."

Het ging opeens alleen tussen de zussen en vader Francke keek naar zijn vrouw en waagde een voorzichtige knipoog, die betekende zonder meer: Niet mee bemoeien in dit stadium… laat die twee maar. Esmé is niet dom.

„Nee, dat is het niet. Haio geeft wél om me," zei Nuncia een tikje geprikkeld door de toon van haar jongere zuster.

Waarop Esmé kort en goed en zeer beslist de conclusie trok: „Nou, wat zeur je dan, meid? Ga dan gewoon met hem mee… waarom doe je dat dan niet?" Op dit punt wilde pa Francke sussend tussen beiden komen, want het werd hem te dol, maar zijn dochters hoorden hem niet eens.

„Omdat hij het me niet gevráágd heeft… dáárom… sufferd!" schreeuwde Nuncia, over haar toeren, waarop Esmé beledigd terugschreeuwde: „Je mag dan ouder zijn maar je bent wél de grootste sufferd!"

„En bemoei je er niet mee," toornde Nuncia wel wat laat, waarna ze opstond en met opgeheven hoofd de kamer verliet, waarbij ze de deur onberispelijk zacht achter zich in het slot liet vallen.

„Nou… Es… was dát nou nodig?" fluisterde haar vader verwijtend.

Esmé trok haar voeten op de bank, sloeg haar armen om haar benen en leunde, met een kwaad gezicht, haar kin op haar knieën.

„Ja, hoor!" bitste ze. „Die zachte diplomatieke aanpak van jullie slaat nérgens op, weet je dat? Je pakt zoiets niet met handschoentjes aan."

„Nee, jij niet," spotte haar moeder. „En je láát het… hoor je me?"
„Ik laat… wat?" Esmé hief haar blonde krullekop en haar ogen werden heel groot en heel onschuldig. „Ik dóe toch niks?"
„Nee, maar je laat het tóch…" Mevrouw Francke gaf een klap met een opgevouwen weekblad, dat ze in haar hand had. „Begrepen?"
„Nou já!" zei Esmé hooghartig, ze ontvouwde zich en liep op haar beurt beledigd de kamer uit, alleen kwam de klap met de deur iets harder aan.
„Waarom lach jij nou?" vroeg mevrouw Francke aan haar man. „Is het allemaal zo geestig? Doe eens normaal… alsjeblieft!"
„Doe jij zélf eens normaal," stelde Pa Francke vriendelijk voor. „Jij zit notabene je dochter een standje te geven voor iets… wat-dan-ook… dat ze niet heeft gedaan. Het is te gek om los te lopen, lieve meid. Zie je dat nou niet of is je gevoel voor humor volkomen verdwenen?"
„Nee," sprak zijn echtgenote met een deels hooghartige, deels medelijdende blik. „Maar als jij je dochter beter kende dan nu blijkt, dat je in werkelijkheid doet, dan zou je weten, dat je lieve blondje de meest waanzinnige plannen uitbroedt en… wat erger is… ze nog uitvoert ook… vandaar!"
Aldus sprak Esmés moeder in raadselen en zuchtte de vader van twee verwende dochters, die alles prachtig vond, wat zijn dochters deden. Hij geloofde haar ook deze keer niet.

HOOFDSTUK 4

Esmé ontwikkelde in de volgende week opeens een enorme studiezin. Dit uitte zich doordat ze aan de lopende band bij haar schoolvriendin bleef, om huiswerk te maken, zodat haar vader iedere avond zo rond halftien een telefoontje kreeg: „Pap, ik stap over tien minuten op de bus, haal je me even op?"

Als bezorgde vader deed hij dat ook prompt, maar na de vierde avond begon het hem toch te vervelen en informeerde hij lichtelijk chagrijnig: „Kan je niet bij je vriendin blijven slapen?"

„Nee, dat wil ik niet... en als je dat niet eens voor me over hebt," rumoerde Esmé, waarop haar vader beledigd uitviel:

„Zeg eens, ondankbaar klein mirakel, ik haal je nou al vier avonden op. Vereenvoudig de zaken voortaan een beetje alsjeblieft!"

Van twee kanten werd het gesprek geërgerd beëindigd.

„Al die rare streken..." bromde Esmés vader. „Ik geloof, dat we maar moesten gaan verhuizen, dan hoef ik tenminste niet meer voor oppas en afhaaldienst te spelen."

„Ja, maar dat had je jaren geleden moeten bedenken, toen je in deze volstrekte negorij ging wonen... wie sprak er van alleen maar heerlijke, landelijke rust... en dat is ook zo... maar dan moet je er nou niet over zeuren als je vijf minuten heen en vijf minuten terug moet rijden om de kinderen op te halen als ze bij nacht en ontij op een verlaten landweg uit de bus stappen... of niet soms?" vroeg mevrouw Francke.

„Ik zou ze er voor geen goud laten staan... dat weet je wel." Hij was al verdwenen, de schrik over het bijna gebeurde met Esmé van jaren geleden was er nooit helemaal uitgegaan, dus werd ook deze avond Esmé keurig afgehaald door een redelijk goedgehumeurde vader.

„Ik vind het niet echt erg, hoor," zei hij goedig, toen Esmé vroeg of hij nog boos was. „Maar anders ben je nooit zo ijverig, dat je vier avonden achter elkaar bij een vriendin gaat werken. Zitten jullie met speciale moeilijkheden... of zo?"

Nu zat het 'm juist in dat 'of zo' maar Esmé zei prompt, dat er niets bijzonders was maar dat ze zich de laatste week verveeld had, omdat ze het zo stil vond, nu Nuncia zo weinig kwam.

Het was een sluipende halve waarheid waarmee helaas zoveel

mensen werken. Esmé ging inderdaad naar haar schoolvriendin, maar ze zat driekwart van de tijd, tot verveling van haar vriendin, naar buiten te kijken. Het raam keek namelijk uit op de toegangspoort van het ziekenhuis, waar haar zusje en Haio werkten. Ze zag geen van beiden en dat zou ook wel toevallig zijn geweest. Dit werd echt een hopeloze zaak en er moest iets anders gebeuren voor mama de ijver van haar dochter verdacht ging vinden en zij was niet zo goedgelovig als papa. Esmé broedde een ander plan uit, ze vond het nogal gewaagd en zag de uitvoering niet met vreugde tegemoet. Het is altijd gewaagd om je te bemoeien met andermans hartsaangelegenheden, dat begreep Esmé best maar ze wilde Nuncia nu eenmaal helpen en als ze haar nieuwe plan niet snel tot uitvoering bracht, durfde ze helemaal niet meer.

De vriendin, gelukkig een van de zeldzame zwijgende soort, vond het plan redelijk maar was toch blij, dat zij er niet voor hoefde op te draaien, al wilde ze wel helpen.

De eerste hindernis bestond in het vinden van een telefoontoestel zonder meeluisteraars. De openbare telefooncel ging niet, want de enige die Esmé in de buurt kende, was meestal defect wegens vernielzucht en bovendien is het moeilijk bellen als er eventueel buiten mensen die ook willen telefoneren als getergde leeuwen voor je neus heen en weer lopen en nijdig tegen het glas tikken. Bellen bij de schoolvriendin ging ook al niet want daar stond het apparaat in de huiskamer, dus stapte Esmé, die niet voor een gat te vangen was, in de pauze naar de conciërge en vroeg heel vriendelijk en bescheiden of ze alsjeblieft even rustig met haar vader mocht bellen. Het toestel, onder de geluiddempende kap, hing weliswaar in de hal, maar in het zicht van de conciërge, dit om voortdurend telefonerende jeugd te controleren.

„Is het echt dringend?" vroeg de conciërge, die zijn pappenheimers kende. Esmé knikte haastig en omdat zij nooit last had veroorzaakt en nog nooit had gezeurd om een telefoongesprek, knikte de man toestemmend. Zijn vraag was eerder de tersluiks uitgestoken helpende hand, een vraag, waarop hij het antwoord al wist.

Esmé knikte haastig en hij wilde haar niet afschrikken. Als het kind moeilijkheden had, mocht ze onmiddellijk van hem haar vader bellen. Je wist maar nooit welke ongelukken je door wat soepelheid kon voorkomen, redeneerde de conciërge altijd, dus gaf hij de baan vrij en Esmé belde prompt, in plaats van het nummer van haar vader, het tevoren uit haar hoofd geleerde nummer van het ziekenhuis.

„Mag ik... mag ik dokter Toussaint alstublieft spreken."

Haar stem klonk schor en bibberend, maar dat vond ze alleen maar in het voordeel van de precaire zaak.

„Ik ben... eh... ik ben een patiënte van hem, ziet u."

Nu zag de dame aan de andere zijde natuurlijk helemaal niets van 'de patiënte' en ze zou heel vreemd hebben gekeken als ze het bibberende schoolmeisje zou hebben kunnen zien, dat met angstige ogen in de richting van het 'hok' van de conciërge keek.

„Uw naam?" vroeg de telefoniste koel en helder.

„Esmé... eh... Esmé Francke," stotterde Esmé, ze voelde zich licht en draaierig en dan de warmte onder die afschuwelijke kap... haar hart bonkte als een over zijn toeren gedraaide motor. Hoe lang ze wachtte kon ze later niet navertellen, maar eindelijk hoorde ze kort en tamelijk ongeduldig: „Toussaint... wat kan ik voor u doen?"

„U... eh... je spreekt met... met... Esmé..." fluisterde Esmé benauwd en Haio verstond haar dan ook niet.

Hij hoorde een meisjesstem en dat was alles wat hij ervan zeggen kon. „Met wie?" informeerde hij achterdochtig. „En graag iets duidelijker."

Waarop Esmé in zijn oor toeterde, veel te hard deze keer: „Met Esmé. Je weet wel... Esmé Francke, het zusje van Nuncia."

„O ja... Esmé!" Hij zocht haastig in zijn herinnering... en wist het: een knap uitziende blonde tiener, met nieuwsgierige plagende blauwe ogen. Wat moest dat kind in vredesnaam van hem? Nuncia verkeerde in de beste welstand, want hij had haar nog geen tien minuten geleden voorbij zien lopen, op weg naar de lift. „Zeg, Esmé, wil je Nuncia spreken, maar dan begrijp ik niet..."

„Nee, juist niet!" riep Esmé haastig en het scheelde niet veel of ze had 'sufferd' gezegd, wat ze weliswaar inslikte maar door Haio, door de klank van haar stem, begrepen werd.

„Zeg het dan maar, want begrijpen doe ik er toch niets van," gaf hij lijdzaam toe. „Waarmee kan ik je helpen?"

„Ik wil je graag spreken maar niet door de telefoon... en beslis alsjeblieft vlug, want ik bel op school en de conciërge wordt ongeduldig... ik zie hem kwaad in mijn richting kijken..."

„Vanavond dan maar... om halfzeven. Moet ik je thuis bellen?" informeerde Haio weinig enthousiast, hij wist ook niet wat zo'n tiener zich in het hoofd gehaald had. Hij voelde zich er niet rustig bij.

„Welnee, natuurlijk niet thuis," snauwde Esmé nerveus. „Ik ben vanavond bij een vriendin in de stad, dat heb ik thuis al verteld. Kan je naar die kleine cafetaria komen... om de hoek je-weet-wel!"

Haio wilde helemaal niet en hij wist van geen cafetaria, het enige wat hij wilde, was het opdringerige kind vertellen, dat hij niet van telefoontjes en opdringerige verering gediend was... maar ja... een zusje van Nuncia wilde hij toch niet als een lastige vlieg verjagen, dus liet hij Esmé precies uitleggen welke cafetaria ze bedoelde, gooide met een kort 'dag' de hoorn op de haak en was de rest van de dag ongenietbaar. Esmé zag vuurrood en pufte van louter narigheid.

„Was papa niet over je te spreken?" vroeg de conciërge zuurzoet.

„Hij was kwaad," lispelde Esmé vroom. „Dat heb je soms zo met vaders." Ze drukte hem de kwartjes voor het gesprek in de hand, want bellen op school was bepaald niet gratis.

De conciërge keek haar na en mompelde verachtelijk: „Ja... je váder... leer mij die meiden kennen!"

Esmé bleef inderdaad keurig bij haar vriendin eten, want als ze dat niet deed, kwamen ze er thuis toch achter.

„Als ze vanavond bellen, zeg dan maar dat ik... eh... dat ik naar de bios ben... of zo!" Ze zaten samen op Mirandes kamer.

„Zeg, ben je gek... alléén zeker! Je denkt toch niet, dat mijn vader en moeder overal intrappen en die zijn zo overbezorgd voor jou, omdat zij 'de verantwoording' hebben voor je als je bij ons blijft logeren. Zo zijn ze nou eenmaal!"

„De mijne ook," mompelde Esmé somber. „Nou, ga dan mee, dan ga je verderop zitten. We gaan zogenaamd samen naar de bios."

Mirande hield niet zo van liegen, gewoonweg omdat ze het niet goed kon, maar nood breekt wetten. Moeders zijn overigens slecht voor de gek te houden, ook de moeder van Mirande niet, die de meisjes nog achterna liep om te vragen naar welke film ze gingen.

„Waar ze naar toe gaan, weet ik niet maar niet naar de film," orakelde Mirandes moeder tegen haar man.

„Ach laat die kinderen toch… samen lopen ze niet in zeven sloten tegelijk," mompelde Mirandes vader gemakzuchtig.

Esmé en Mirande zaten in de cafetaria achter hun cola.

„Daar heb je 'm… of is-ie dat niet?" fluisterde Mirande. „Hij kijkt wel erg nijdig… jij liever dan ik."

„Dag Esmé… ga zitten… en vertel me maar, wat de moeilijkheden zijn?" Haio deed geen moeite om zich vriendelijker voor te doen, hij vond het gewoonweg een vervelende situatie en dat toonde hij ook.

„Ik wil je meteen maar zeggen, dat ik hierheen gekomen ben, omdat je Nuncia's zusje bent en ik vraag me af… en dan word ik heel boos, wat Nuncia ervan zou zeggen, als ze ons hier samen zag."

„Ik ben blij, dat je er niet omheen draait." Esmé voelde zich opeens heel kalm, waarschijnlijk omdat Haio zo ronduit zei, wat hij ervan dacht en zij dat loyaal van hem vond. „Ik kan me best voorstellen, dat je kwaad op me bent… als ik er goed over na denk… maar dat probeer ik juist niet te doen… schaam ik me. Ik heb je echt niet gevraagd om hier te komen, omdat… eh… ja, weet ik véél wat je denkt… misschien wel, dat ik verliefd op je ben… nou, troost je, want dat ben ik beslist niet, ik peins er niet over!"

Haio schoot in de lach en bovendien bewonderde hij Esmés intuïtie. Ze had meteen door, waarom hem heel de geschiedenis bijzonder dwars zat en ze nam die angst, kort en resoluut, weg, zij het dan niet elegant, maar dat hinderde hem beslist niet.

„Nou, vertel het me dan maar," zei hij een stuk vriendelijker. „Ik neem koffie… die kan ik bij liters op… en wat drink jij? Cola?"

Esmé knikte afwezig, als hij chocomel had voorgesteld, waar ze van griezelde, had ze ook braaf 'ja' geknikt.

„Nou… weet je… het gaat natuurlijk over Nuncia… en… ik weet wel, dat je meteen kunt zeggen, dat het me niets aangaat… dat is ook zo… maar wil je haar alsjeblieft nooit verraden, dat ik zo brutaal ben geweest… om… eh… jou te bellen… en… eh…" Ze keek hem hulpeloos aan, waarom hielp die vervelende kerel haar nou niet een beetje.

Esmé zuchtte diep. Zo kwam ze er niet en het ging haar toch om Nuncia. Wat kon het haar schelen en toen vatte ze moed.

„Luister eens, Haio," zei ze vastbesloten. „Jij amuseert je met mijn gestuntel… leuk voor je… misschien zie je het als 'wraak'… nou, dat kan me dan niets schelen. Het gaat me om mijn zusje… om Nuncia… waar ik dolveel van houd… en ik wil, dat ze… dat ze zich gelukkig voelt."

Wat Esmé zo in Haio waardeerde en ze ook nooit meer vergat, was, dat hij haar vanaf dat ogenblik niet meer plaagde en ook niet deed, alsof hij niet begreep, wat hij met het geluk van Nuncia had te maken.

„Ik wil hetzelfde als jij, Esmé," zei hij zacht. „Nuncia's geluk telt voor mij heel zwaar. Als je dat niet geweten had, zou je niet naar mij zijn toegekomen. Ik begrijp het nu. Waarom denk je, dat Nuncia niet gelukkig is? Weet je, Esmé… en nu praat ik tegen je als tegen een volwassen mens… ik heb het geprobeerd… en je moest eens weten hoe ik daar mee bezig ben geweest… om Nuncia te begrijpen maar dat valt niet zo gemakkelijk, ze is zo… anders. Klinkt dat gek?"

„Nee, omdat Nuncia anders ís," zei Esmé snel. „In het begin, toen Nuncia pas bij ons woonde… ging het niet tussen ons… en toen opeens… voelde ze, dat ze écht… héél echt mijn zusje was geworden… er gebeurde toen iets en… Nuncia… ik hield vanaf dat ogenblik zo van haar, weet je. Ze vocht voor mij en ze… ze riep… blijf van mijn zusje af… en… en… ik vecht voor háár en dat zal ik altijd blijven doen, daarom heb ik jou gebeld… en het kon me opeens niets meer schelen wat je van míj denkt… als je maar góed denkt over Nuncia… en dat doe je, hè Haio… dat dóe je toch?"

Ze zweeg even, er drupte een dikke traan langs haar gezicht, die ze ongeduldig wegveegde. „Esmé…" Haio boog zich over de tafel heen. „Er is niets, dat ik liever wil dan… góed zijn voor Nuncia… ik houd van haar, maar ik ga weg, ik kan niet anders… en wat moet ik dan?" Het bleef even heel stil, toen zei het wonderlijke, oprechte meisje dat Esmé Francke heette heel rustig en beslist: „Wat je moet doen? Haar vragen of ze met je mee wil gaan… want dáár gaat het me nou juist om. Waarom heb je dat dan niet gedaan?"

„Als het zo simpel was," zei Haio, hij streek met een wanhoopsgebaar door zijn dikke blonde kuif. „Ik kan Nuncia toch niet losscheuren van alles wat haar lief is… ik kan haar toch niet van jullie weghalen… ik kan er zo weinig voor teruggeven… dat dúrf ik niet, Esmé… juist omdat ik haar zo graag… na alles wat ze al heeft meegemaakt in haar korte leven… gelukkig wil zien. Ik ga practisch naar het andere eind van de wereld."

„Ja," zei Esmé, ze zat daar, heel bleek, met neergeslagen ogen. „Ik… ik kan… er niet aan dénken, hoe het zal zijn als Nuncia er niet meer is… zover weg… maar ik wil toch… éérlijk zijn en je vertellen… zeggen… wat er gebeurde op de avond van die dag, toen ze had gehoord, dat je weg zal gaan. Ze… ze vond dat heel erg en bekende dat ronduit… zo is Nuncia. Ik kon m'n mond natuurlijk weer niet houden en vroeg ronduit: Waarom ga je dan niet met hem mee?"

De tweede traan werd heftig weggewreven en Haio vroeg eerst niets, hij durfde het niet, alsof het antwoord beslissend zou worden voor zijn leven en dat van Nuncia.

„Wat gaf ze voor een antwoord op die vraag?" Het was gezegd en Esmé keek hem een ogenblik aan, ongeduldig, medelijdend zelfs een beetje vijandig.

„Omdat hij het me niet heeft gevraagd… dat was alles wat ze zei. Als jij dus niet genoeg om Nuncia geeft, zwijg er dan over… laat het haar nooit weten, want dan ben ik m'n zusje kwijt… ze vergeeft het me nooit… dat weet ik zeker."

„Luister eens, Esmé… ik zou je het liefst hier juichend om je hals vallen…" Hij kneep haar beide handen, die ze krampachtig gevouwen hield, zo stevig, dat ze een pijnlijk gezicht trok. „Ik vind het zo dapper van je en zo ongelooflijk eerlijk, want je weet… Esmé… wat het gevolg zal zijn, terwijl je je zusje zo slecht kunt missen… Esmé, je bent een schat!"

„Ja, dat zal wel!" Ze trok een scheef gezicht en wist niet of ze nou moest lachen of huilen. „Sorry… ik wil niet hatelijk zijn, maar het lijkt een beetje op de zure mop: Operatie geslaagd… patiënt

overleden. Ik kon alleen niet anders. Nuncia is zo trots en...
eh... en ik zag gewoonweg, waar de zaak scheef liep. Het grote
risico was natuurlijk... geeft Haio echt om Nuncia... genóeg...
nou, dat weet ik dan en de rest moet jij doen, maar laat míj er
alsjeblieft verder buiten. Gelukkig is mijn vriendin ook niet van
de babbelachtige soort, want ik heb heel wat moeten draaien...
om het netjes te noemen, je kunt ook zeggen, dat ik de boel aardig heb bedrogen."

„Ik kan het je niet kwalijk nemen," zei Haio uit de grond van zijn
hart. „Je kunt niet weten hoe ik je waardeer en hoe het me spijt,
dat ik je aanvankelijk verkeerd beoordeelde... maar hoe kon ik
dít vermoeden? Het is ook werkelijk ongelooflijk... een dertien-
jarig meisje met zoveel helder, volwassen doorzicht!"

„Ach, je moet maar denken: Dertienjarigen... bijna veertien overigens... zijn óók niet meer wat ze geweest zijn!" Ze grinnikte
ondeugend toen hij haar niet begrijpend aanstaarde. „Ik bedoel
maar... niet zo onnozel en goedgelovig als meisjes van veertien
tientallen jaren geleden waren... op die leeftijd."

„Dat zal het dan wel zijn." Haio schoot in een bevrijdende lach.
„In ieder geval blijf ik je heel m'n leven dankbaar, dat staat vast
en als je het niet erg vindt, dat ik nu tamelijk haastig vertrek?"

„Linea recta richting Nuncia!" mompelde de ondeugende Esmé.

„Nee, dat vind ik niet erg, we moeten trouwens met een vaart
naar huis. We zijn zogenaamd naar de bios geweest, weet je...
allemaal voor jou en Nuncia... en... eh... nog één ding: Als
Nuncia ooit reden mocht hebben om zich over je te beklagen,
ben je nog niet klaar met haar zus... zo zit dat... tot kijk!"

Ze stonden allebei tegelijk op en vóór Haio inderdaad met een
vaart de zaak verliet, gaf hij haar twee stevige zoenen op haar
wangen, ze keek hem nogal verdwaasd na, om hen heen werd
gelachen. Mirande trok haar mee en zei haastig: „Kom mee, ik
heb intussen afgerekend en wat dat van jullie betreft... ik zag,
dat Haio een handjevol zilver op de tafel gooide voor hij wegliep,
dus dat is in orde... kom mee!" Eenmaal buiten en goed en wel
om de hoek van de straat, stond Mirande stil en vroeg nieuwsgierig: „Hoe is het nou gegaan? Dat gezicht van jou bij die twee
klapzoenen... het waren échte, niet van die in de lucht zweven-
de niksnutjes... zég nou eens wat! Ik kan je wel zeggen, dat ik

Nuncia's smaak bewonder... die Haio is me toch leuk... een stuk te oud voor ons natuurlijk, maar léuk... zeg nou eens wat, sufferd!"

„Het is wel in orde... als Nuncia wil... en ik ben m'n zus kwijt," zei Esmé somber. „Dat realiseer ik me nou pas! Ik was eerst zo... zo enthousiast voor háár... maar ja het gaat er maar om, wat Nuncia wil." Ze slenterden naar huis, waar Mirandes moeder insinuerend opmerkte, dat de tijden waarop bioscopen tegenwoordig begonnen en eindigden toch wel heel vreemd waren, waarop Mirande tamelijk brutaal uitviel: „Hè, dat gezeur altijd... jullie willen ook altijd alles weten, nou, dat mag dan... Esmé moest voor haar zusje een boodschap afgeven."

Dat was dan een van de beruchte halve waarheden, nog net geen hele dikke leugen.

„Nou, dat kun je dan toch gewoon zeggen?" vroeg Mirande's moeder gepikeerd.

„Nee... juist niet, omdat je altijd alles vráágt!" mompelde Mirande nog voor ze de deur dichtklapte met een hartgrondig: „Pfffff... zijn ze bij jou ook zo?"

Natuurlijk kwam er, ter bevestiging van Mirande, die bijna van oor tot oor grijnsde, een telefoontje van Esmés moeder: „Blijf je echt weg of moet papa je van de bus komen halen?"

„Nee hoor, mama, ik ben écht hier en ik blijf hier," zei Esmé vriendelijk en geduldig. „Dat was toch de afspraak? Nou ja, het hindert niet. Dag mam, tot morgen."

Ze legde voorzichtig de telefoon neer. „Bezorgde ouders... maar ja, je zou het ook niet fijn vinden als het ze geen lor kon schelen waar je uithing... dus hinnik niet zo stom, Mirande."

Van leren kwam niet veel meer, want Esmé kon haar gedachten er niet bij houden.

Nuncia vond in haar kamer in het ziekenhuis een briefje, kennelijk onder de deur doorgeschoven. Het luidde kort en duidelijk: *Ik moet je spreken, het is dringend. Als je morgenavond om halfnegen vrij bent en naar huis gaat, breng ik je. Haio.*

Nuncia, die nooit erg druk was, had een paar dagen rondgelopen als een bleke schim, vriendelijk maar stil en het was bij Nuncia zo, dat niemand een of andere meelevende of desnoods spottende opmerking durfde te maken, want dan bevroor de vriendelijke, zachte Nuncia! Ze wist te goed, hoe er op Haio en haar werd gelet en ze had altijd een hekel gehad aan de dokter-zuster romannetjes, waar ze nu, ongezocht, zelf in terecht was gekomen. Ach, als Haio binnenkort wegging, was het toch voorbij, had ze zich voorgehouden, en ik wil hier ook niet blijven. Het hinderde haar, dat Haio nu toch weer kontakt zocht en ze had natuurlijk kortweg kunnen weigeren hem te ontmoeten, maar zo sterk was ze nu ook weer niet. Waarom hij nu met die gekke auto van hem op de bewuste avond pal voor de poort van het ziekenhuis moest gaan staan wachten begreep ze niet en het ergerde haar wel.

„Stap in," gebood Haio en gooide het portier open.

„Kon je niet een eind verderop wachten?"

Aldus was hun begroeting, allesbehalve romantisch.

„Waarom? Ik heb niets te verbergen," zei Haio. „Het is geen misdaad om van jou te houden, wel?"

„Nee, maar jij gaat weg en ik zit ermee." Ze duwde de hand die liefkozend op de hare werd gelegd onvriendelijk weg. „Vooruit, rijd nou!"

„Omdat je het zo beleefd en vriendelijk vraagt."

Haio's auto spoot weg, nagestaard door twee collega's van Nuncia, die juist samen naar buiten waren gekomen. „Je moet maar denken, Nuncia, morgen is alles anders."

„O ja? Wat een orakeltaal." Hij gaf geen antwoord en na een paar minuten zwijgen, hervatte Nuncia het gesprek, haar stem klonk niet langer kortaf en onvriendelijk, eerder het tegendeel: „Luister nou eens, Haio, waarom doe je dit nou? Het maakt alles voor mij alleen maar moeilijker, begrijp dat dan toch."

„Nuncia, je moest eens weten, hoe moeilijk ik het ermee heb gehad, maar na lang nadenken… kijk… ik weet… ik heb gezien, hoe jij gehecht bent… nee… dat is niet het juiste woord… hoeveel je houdt van je ouders en zusje… want dat zijn ze voor je… ik heb gezien, hoeveel zij om jou geven, hoe Esmé aan jou hangt… ik had toen zo graag willen vragen: Nuncia, ga met me mee… maar ik durfde het niet te doen. Ik weet helemaal niet hoe het leven… daar ver weg zich zal gaan ontwikkelen… en jou meeslepen in al die onzekerheden… ik kon het niet, maar toch… ik ben er anders over gaan denken… Ik vraag het je nu en maar

te laten gaan, dat kan ik niet… dus moet ik kiezen."

„Als het je niet bevalt mag je altijd terugkomen," interrumpeerde Esmé, die slecht tegen gevoeligheden kon. „Kijk maar niet zo verontwaardigd, Nuncia… ik méén het nog ook!"

„Dat zal ik nooit doen, dat weet ik zeker," zei Nuncia en ze strekte haar hand naar Haio uit, maar ach… wat is 'nooit' in een mensenleven? Haio was in ieder geval volkomen geaccepteerd en zijn ouders, die in Friesland woonden, maakten in de volgende dagen tamelijk hals-over-kop kennis met hun aanstaande schoondochter, terwijl er bij Haio nooit sprake was geweest van een meisje waar hij echt verliefd op was, laat staan van een huwelijk. Ze konden de snelle manier van leven niet goed bijhouden maar ze vonden Nuncia gelukkig heel lief en verstandig, een rustig, mooi meisje en Haio was dol op haar, dat bleek uit ieder woord en iedere blik. Dat Haio niet alleen wegging vonden ze, nadat ze Nuncia wat langer hadden gesproken, eigenlijk wel positief. Ze hadden zelf geen meisjes en waren wel blij met deze schoondochter, maar, zoals Haio's moeder triest zei: „Ik heb er weinig aardigheid van. Nou krijg ik een aardige dochter en ze vertrekt meteen, met mijn zoon, naar de andere kant van de aardbol… leuk bekeken!"

Het leven raakte in een stroomversnelling, want een krappe maand is weinig om een huwelijk en een reis voor te bereiden.

„Iedereen rent tegenwoordig en niemand heeft tijd," klaagde Esmé ongeduldig. „Zit hier nooit meer iemand een paar minuten rustig een kop koffie te drinken? Iedereen gilt dat hij geen tijd heeft… ik word er dáás van… bah!"

„Het kan niet anders," merkte haar moeder kortaf op. „Bovendien is het een goede manier om niet te hoeven denken. Hang daar niet als een zoutzak in je stoel, Esmé, en ga je jurk passen, zodat ze bij Dalrymple die zoom af kunnen maken, die mevrouw heeft al drie keer gebeld en als je het er nou op aanlegt, zeg je het maar… en dan loop je voor mijn part in een oude zomerjurk van vorig jaar achter de bruid… dat zal ze echt waarderen… dwarskijkster!"

De deur ging allesbehalve zacht in het slot en Esmé, die zichzelf niet kon zijn en alleen maar wist hoe ze verdrietig moest zijn, stond landerig op en liep naar boven. In haar ogen deugde er natuurlijk niets aan de pastelkleurige wolk, want dit was het soort kleren, dat ze verafschuwde en dus nooit droeg, maar terwille van Nuncia zweeg ze maar. Er waren dagen, dat ze diep spijt had van haar eerlijke, menslievende en goed gelukte aktie om Haio en Nuncia bij elkaar te krijgen, want nu de dagen voorbij vlogen kon ze de gedachte aan Nuncia's vertrek niet verwerken en op de dag voor de bruiloft vond Nuncia haar zusje in tranen, hopeloos snikkend voorover op haar bed.

„Es... Esje..."

Ze gleed naast haar zusje neer en legde haar arm beschermend om haar hals: „Esje... zullen we sámen huilen?"

„Jij niet... jij bent toch gelukkig!" Esmé kwam overeind en Nuncia sloeg haar armen om Esmé heen.

„Ja... ik ben gelukkig, maar er is geen geluk zonder pijn... ik houd van jullie... maar de weegschaal sloeg door naar Haio... zo is dat nu eenmaal."

„Je kent ons al zo lang... en hem nog maar zo kort," snikte Esmé.

„Ja, maar dat is niet uit te leggen, Esje... dat zal je zelf nog wel eens meemaken... heus!" troostte Nuncia.

„Geloof dat maar niet," mompelde Esmé. „Het zal wel goed zijn met jullie en ik wil de dag niet bederven. Het werd me gewoonweg even te veel."

„Dat kan ik me best voorstellen en weet je, Esje... waar ik ook heen ga, ik blijf jouw zusje en daar kan nooit iemand tussenkomen... en je moet nog even meegaan naar beneden... Haio is er..."

„Wanneer is-ie er níet," wilde Esmé zeggen maar ze slikte de hatelijke opmerking op tijd in.

„We hebben je samen iets te zeggen, kom maar."

Ze trok Esmé, die tegen wil en dank meeging, achter zich aan. Haio noch Esmés ouders zeiden iets over Esmés verhuilde gezicht en daar was ze dankbaar voor.

„Je bent ons enige bruidsmeisje en die krijgen altijd een geschenkje," zei Nuncia met een warme, heel lieve glimlach.

„Voor mijn enige zusje... en Haio's zusje ben je nu ook... wilden we een héél klein sieraad, maar met een betekenis... Het gouden kettinkje heb je van Haio, het andere... van mij."

Nuncia had jarenlang het kleine robijnen hartje, dat ze van haar vader had gekregen op haar verjaardag – de laatste die hij had meegemaakt, zorgvuldig bewaard. Het lag nu in het roodleren doosje, aan een bijzonder fraai kort gouden kettinkje.

„Het is voor jou... Haio weet ook, wat het voor me betekent, maar ik wil dat jij het hebt... voortaan... zeg niet, dat je het niet wilt... maar iets béters kan ik je niet geven."

„Nuncia, dat mag je toch niet weggeven... Nunci!" Esmé viel haar zusje om de hals. „Ik moet almaar huilen... en huilen... en ik wist bijna niet wat huilen was... o, Nun, ik zal het niet durven dragen, het is zo kostbaar... ik bedoel niet de échte waarde maar de..."

Nuncia legde het hartje in Esmés hand en sloot er de vingers van haar zusje om, daarna nam ze de kleine hand in allebei haar handen, het was zo'n warm, lief en koesterend gebaar, het ging zo helemaal tussen de zusjes, dat niemand er ook maar met één woord tussenkwam.

„Ja," zei Haio na de korte stilte en het klonk heerlijk nuchter: „Je kunt het hartje rustig dragen, Esmé, de ketting ziet er fragiel uit maar is ijzersterk en er zitten notabene drie slotjes aan... dus als jij die goed vastmaakt kan er niets gebeuren... o zo!" Dat Haio van harte aan het geschenk had meegewerkt, omdat hij waarachtig wel een stevige reden had om Esmé dankbaar te zijn, wist hij alleen en dat moest zo blijven. Als het nodig was kon flapuit Esmé heel goed zwijgen.

De trouwdag van Nuncia en Haio verliep in alle rust, met weinig mensen en niet één eigen familielid van de bruid, wat ze natuurlijk op deze bijzondere dag toch wel voelde. De dag werd zwaar overschaduwd door het afscheid, dat dezelfde middag al zou plaatsvinden.

„Als ik ooit trouw... áls..." Esmé keek haar vader aan met sombere ogen. „Ja, als ik dat ooit doe, hoop ik, dat het een vrolijker feest zal zijn dan dit feest van Nuncia en Haio. Ik word er zo beroerd van en eigenlijk wil ik, dat ze zo gauw mogelijk weggaan, dan hebben we het gehad, ik hoef me niet langer tot vrolijkheid die ik niet voel op te peppen en ik kan naar hartelust in mijn eentje gaan janken!"

Op de receptie kon ze zich even terugtrekken, omdat het onverwacht druk werd met veel vrienden van Haio en heel weinig van de altijd teruggetrokken Nuncia, maar er waren wel veel mensen uit het ziekenhuis, collega's van beide.

Esmé keek vanuit een beschut hoekje naar het bruidspaar. Haio was een en al zorg en attentie voor zijn wel heel ernstige, bleke bruid.

„Wat een sneeuwprinses," hoorde Esmé achter zich fluisteren.

Ze kon de collega van Nuncia geen ongelijk geven want Nuncia had wel zelf gekozen en mocht dan gelukkig zijn omdat ze met Haio was getrouwd, het bleef een feit, dat het onmiddellijk op de receptie volgend afscheid voor vele jaren heel zwaar woog, te zwaar.

In Esmés herinnering bleef de trouwdag van Nuncia en Haio een verdrietige gebeurtenis en een feest kon ze het al helemaal niet noemen. Het was duidelijk, dat die twee, het bruidspaar, wel veel van elkaar hielden, maar daarmee was dan voor Esmé ook alles gezegd en op dat ogenblik haatte ze Haio, omdat hij het zo nodig had gevonden om aan het andere einde van de aardbol te gaan werken en Nuncia meesleepte. Esmé zag dan ook geen enkele mogelijkheid om, zoals haar door haar eigen ouders en die van Haio werd toegefluisterd 'dapper' te zijn en niet te huilen. Nuncia, heel witjes en stil, hield het snikkende zusje in haar armen.

„Kom, schat, we moeten nou heus gaan," zei Haio zacht. „Anders missen we het vliegtuig. Mag ik ook afscheid van je nemen, Esmeetje?"

Esmé liet Nuncia los, ze deed een stap terug en hartstochtelijk zei ze: „Had Nuncia je maar nooit ontmoet… dan ging ze nou niet van ons weg!"

„Je wilde toch zélf, dat Nuncia voor mij koos?" fluisterde Haio Esmé in het oor. „Je maakt het alleen maar moeilijker… toe nou, Esmé!" Esmé hoorde hem alsof hij van grote afstand tegen haar praatte en ze wist dat hij gelijk had, maar het hielp niet, het was allemaal te veel geweest en haar wereldje stortte ineen. Het was allemaal mooi en goed om te zeggen dat ze flink moest zijn en verstandig, maar ze was eenvoudigweg geen van beide. De afschuwelijke werkelijkheid was, dat Nuncia wegging, eindeloos ver weg en dat ze haar misschien nooit meer terug zou zien… zo voelde ze het althans.

Ze duwde hen allebei van zich af, draaide zich om en rende het huis binnen.

Nuncia wilde haar nalopen, maar Esmés vader hield haar tegen en mevrouw Francke sloeg haar armen om Nuncia heen.

„Ga nou maar, liefje… je weet hoe onbeheerst Esmé soms kan reageren, ze heeft het moeilijk genoeg maar we moeten er met z'n allen doorheen. Het is voor Haio ook afschuwelijk… de arme jongen ziet eruit alsof hij beschuldigd wordt van een misdaad… ontvoering van onze oudste dochter… kom nou, liefje!"

Ze knikte over Nuncia's hoofd bemoedigend naar Haio en schoof de allesbehalve stralende bruid naar hem toe. Het was gelukkig, dat mevrouw Francke de hele zaak dusdanig in de hand hield, want de trouwdag van Nuncia was allesbehalve een stralend feest of het stralende ééndagssprookje, dat een trouwdag toch dient te zijn. Het had meer van een drama weg en er kwam, hoe vreemd het ook klinkt, enige rust en een gevoel van opluchting in haar op, toen er dan toch echt niets meer aan te doen was en de auto de laan uitreed. Haio's vader, de minst emotionele, zou het paar naar Schiphol rijden, niemand, ook Esmé niet, had prijs gesteld op een afscheid op de luchthaven.

„Het spijt me zo voor jou, Haio," zei Nuncia zachtjes, ze liet haar hand in de zijne glijden en hij sloot die kleine hand in allebei de zijne. „Het is… het was… heel moeilijk… niet alleen voor Esmé, maar ook voor mij… ik heb een heerlijk thuis gehad… maar ik heb geen spijt, dat moet je geloven… als ik dit alles geweten had, kunnen voelen zoals ik me nu voel en weet, hoe Esmé… hoe mijn ouders, want dat zijn ze voor me… zich nu voelen, dan zou ik toch weer voor jou kiezen… geloof me, Haio."

„Ik zou niet anders kunnen dan jou liefhebben… en op je vertrouwen… ook ik heb nergens spijt van, maar ik ben blij, dat het moeilijkste deel van deze dag voorbij is… jij ook, Nuncia?"

„Ja, zeker… en het was natuurlijk toch moeilijk als er op zo'n dag niemand van je eigen familie, vooral je ouders, erbij zijn maar toch, Esmé en haar ouders zijn voor mij het belangrijkste."

„Voor mij is het 't belangrijkste dat ik jou bij me heb op de grote reis naar het onbekende, maar ik denk niet, dat we het daar meteen gemakkelijk zullen krijgen en ik heb het wel eens gedacht: Waar sleep je Nuncia eigenlijk mee naar toe… is het wel verantwoord?"

Haio boog zich naar haar toe en kuste Nuncia, maar was zich tevens bewust van een nieuwsgierige dame in de stoel naast de zijne, die niet eens deed alsof ze las en, vreselijk nieuwsgierig, heilig van plan iedere vleug romantiek op te snuiven, haar hoofd voortdurend in hun richting draaide en met gespitste oren zat te luisteren en te kijken. Nuncia kreeg nu ze weer wat belangstelling had voor haar omgeving langzamerhand door, hoe geërgerd Haio begon te kijken en bijna dwars in zijn stoel zat om nog enige schijn van privacy te kunnen bewaren, maar het lukte niet. Wat wel lukte door de malle situatie, was de gelukkige terugkeer van Nuncia's grote gevoel voor humor en tot Haio's verwondering begonnen de donkere ogen van zijn kersverse vrouw te schitteren en kwam er een schelmse glimlach om haar mond.

„Wat is er?" vroeg Haio niet op zijn gemak want hij vond die lach wel leuk maar hij begreep er helaas niets van.

Nuncia besloot de nieuwsgierige dame in de kaart te spelen en bovendien had ze er niet zoveel moeite mee als Haio, dus trok ze Haio's hoofd naar zich toe en, met haar lippen tegen zijn oor, alsof ze hem ter plaatse een innige liefdesbekentenis deed, fluisterde ze ondeugend:

„Ik kan er ook niets aan doen, dat jij je 'eindelijk alleen' een beetje anders had voorgesteld. Bekijk het humoristisch… ik lach me een kriek om dat mens… en om jouw reactie."

Haio draaide zijn hoofd om en kuste haar innig, waarna hij zijn hoofd op haar schouder liet zakken en Nuncia, met haar hand op zijn dikke haardos, langs zijn hoofd naar de buurvrouw keek en vriendelijk glimlachte. De dame lachte vol innig begrip terug en lispelde: „Pas getrouwd zeker?"

„Nee hoor, al tien jaar," deelde Nuncia vriendelijk mee, ze voelde dat Haio lachte en knelde zijn hoofd nog liefdevoller tegen zich aan.

„Zeg, schei uit… ik stik bijna!" fluisterde de bruidegom en dook tamelijk benauwd uit de omhelzing op.

Het was zo duidelijk, dat ze samen bezig waren om hun buurvrouw te plagen, dat deze wel heel dom moest zijn als ze het niet begreep en waarom het gebeurde. Het hielp in ieder geval. De zichtbare en hinderlijke interesse in het jonge paar verdween achter het boze geritsel van een krant... en toen de nacht gevallen was, sliepen Haio en Nuncia als twee brave kleine kleutertjes, hand in hand. Af en toe werd Haio even wakker en hoorde dan aan zijn rechterkant zachte plofjes... als het geluid van een ver verwijderde stoommachine, de nieuwsgierige reisgenote snurkte... zachtjes maar onmiskenbaar. Haio draaide voorzichtig zijn hoofd naar Nuncia's kant, ze sliep stil, mooi en rustig... sneeuwwitje, dacht hij teder, te mooi... te zacht... voor een leven in de harde omstandigheden, die ze zich niet had kunnen realiseren. De werkelijkheid is toch altijd anders... harder... en 's nachts lijkt alles moeilijk en beangstigend.

Zonder Esmé was het misschien allemaal anders gegaan, had hij Nuncia niet meegesleept in een onzeker bestaan, maar er was geen weg terug.

HOOFDSTUK 5

Nuncia dacht, toen ze op airport Kingford Smith in Sydney was aangekomen: Gelukkig... we zijn er bijna...

Nu, dat kon ze wel vergeten, want wat in Holland het beruchte 'stief ketierke' genoemd pleegt te worden, gold hier maar dan in grotere proporties. Naar Alice Springs vliegen kostte nog eens ongeveer drieënhalf uur en daar was weliswaar de Flying Doctor Service gevestigd, maar de nieuwe dokter moest door naar Coober Pedy en dat was dan nog eens ongeveer twee uur vliegen.

Nuncia had de moed nog niet verloren, het kon haar trouwens niets meer schelen waar ze terecht zou komen als er tenminste eindelijk maar eens een eind kwam aan vliegtuig in en vliegtuig uit. Ze kwam er overigens tijdens hun oponthoud in Alice Springs al achter, dat ze niet in luilekkerland terecht zou komen. Nu had ze dit ook niet verwacht, maar wat ze hoorde over huizen die in de bergen waren uitgehouwen, omdat het bovengronds te warm was om te leven, stemde haar niet bepaald blij. In december kan de temperatuur van vijf en dertig tot veertig graden 's nachts dalen tot twintig graden onder nul.

Alles bleek in Coober Pedy op opaal te zijn afgestemd, het wordt er gedolven, verwerkt en zelfs door domme en eigenwijze toeristen zelf gezocht, wat vaak op levensgevaar en spectaculaire reddingen uitliep, maar dat alles wisten ze nog niet toen ze in Coober Pedy arriveerden. Ze hadden al zo een en ander van dokter Springfield gehoord, waar ze in Adelaide een lang gesprek mee hadden, onder andere dat bij Alice Springs de Highway naar Adelaide loopt en dat vandaaruit het gebergte de Ayers Rock een bijzondere aantrekkingskracht bleek te bezitten voor toeristen. Maar de berg is erg glad en toeristen plegen altijd een slecht gehoor te hebben voor dringende waarschuwingen, dus bleven er talloze ongelukken op de spiegelgladde berg voorkomen.

„Ze wagen niet alleen hun leven maar ook dat van de mensen die moeten proberen ze weer heelhuids naar beneden te krijgen, onder andere de dokter," was het droge commentaar op een tamelijk benauwde vraag van Nuncia of het beklimmen van de rotsen om domme en eigenwijze mensen naar beneden te halen ook tot de taken van haar man ging behoren.

„Ja hoor, en er is nergens steun op die gladde rotsen om je voeten neer te zetten." Aldus de droge opmerking als antwoord op haar volgende opmerking, dat ze dit nu niet bepaald rustgevend vond. „Wat dacht u dan? Je kunt ze daar moeilijk laten verongelukken zonder een hand uit te steken, nietwaar. Eigen schuld… tja… als we allemaal gestraft, en niet geholpen werden, omdat we door eigen schuld in onaangename situaties zijn geraakt, kunnen we het wel vergeten, we hebben de Ayers Rock nou eenmaal en we hebben er mee leren leven…"

Springfield zweeg even, om er met galgenhumor aan toe te voegen: „Het is alleen zo jammer, dat toeristen er alleen maar doodgaan, als wij ze er niet afhalen. Daar is geen recept voor, je moet de omstandigheden in ogenschouw nemen en kijken wat je doen kunt. Ons enige echte hulpmiddel is een tweewielige brancard… tja, daar moet je ze dan eerst nog op krijgen, hè?"

„Het lijkt meer op een gevaarlijk circusnummer," mompelde Nuncia, ze deed dit in het Hollands, maar dat het bepaald geen instemmend beleefd antwoord was op de woorden van de dokter, was hem wel duidelijk. „Ik wist niet, dat er trapezenwerkers gevraagd werden, Haio."

Nuncia was moe, daardoor kribbig en het was te begrijpen, dat ze de keiharde uitleg van Springfield op dat ogenblik niet kon waarderen.

„Wat willen die lui dan eigenlijk op de rotsen?" vroeg ze na een stilte, die noch Haio noch Springfield voor haar overbrugden, waarschijnlijk dachten ze beiden, dat het beter was om haar maar meteen met de harde waarheid te confronteren, dan had ze die schok tenminste al verwerkt tegen de tijd dat ze in Coober Pedy zouden aankomen.

„Opalen," zei Springfield op zijn droge manier. „Het stikt hier van het opaal… het wordt uit de mijnen gehaald, het wordt verwerkt… opaal aan alle kanten, maar nee… ze moeten hun leven zo nodig wagen door zélf naar opaal te gaan zoeken. Je doet er niets aan, behalve dan, dat je ze weer op de begane grond moet zien te krijgen. Als je tegen een hond twee keer zegt: 'Laat dat!' dan luistert ie, als je tegen mensen zegt, dat ze iets moeten nalaten, doen ze het juist, om te bewijzen wat ze waard zijn… zo zit dat!"

De lange magere Springfield maakte een vermoeide en cynische indruk en bij het afscheid zei hij, met Nuncia's hand in de zijne: „Ik weet wat je denkt, kind, maar ik wil je een desillusie besparen. Het is geen gemakkelijk leven, dat je tegemoet gaat en waarschijnlijk zit je driekwart van de tijd in angst. Toen we hoorden, dat onze nieuwe man vrij onverwachts was getrouwd, hebben we gezorgd voor een aardig optrekje, je hoeft in geen geval in een rotswoning... ik zie aan je gezicht, dat je daar bang voor was."

Nuncia vond hem wel sympathiek en nadat hij hun namen respectievelijk had vertaald in Edjo en Nancy, omdat hij van 'Haio' gewoonweg niets kon maken en 'Nancy' hem ook beter lag dan Nuncia, startten de nieuwelingen voor de laatste korte vliegreis naar Coober Pedy, hun standplaats.

Van dokter Springfield hadden ze gehoord, dat ze met de auto zouden worden afgehaald door Jacko Bottle, een man die na een ongeluk was afgekeurd voor het zware mijnwerk, maar nu monteur, klusjesman, tuinman en manusje van alles was. Zijn vrouw Beulah hoorde erbij en als je de een niet aannam, kreeg je de ander evenmin, aldus het korte commentaar van Springfield. Haio en Nuncia hadden natuurlijk totaal geen voorstelling van hun toekomstig personeel en Nuncia's ogen werden nog groter dan ze al waren, toen een mager klein manneke met een groot hoofd, een kale kruin, omringd door een enorme bos haar, en een gezicht dat, behalve pientere bruine oogjes schuil ging achter een enorme baard Jacko bleek te zijn. Hij droeg een slobberig bruin tuinpak, waaronder een flanellen bloes van onbestemde kleur. Het geheel werd bekroond door een paar zwarte laarzen, die hem minstens drie maten te groot moesten zijn en waarin de wijde pijpen van zijn tuinpak voor een deel verdwenen. Een wonderlijke kabouter, die op hen afstapte, riep dat hij nou Jacko was en dat hij hen 'veel heil en zegen' wenste, waarop hij snel en handig de koffers bijeengriste en voor hen uit draafde.

Nuncia en Haio keken elkaar verbluft aan. Nuncia fluisterde: „Ik ben zo benieuwd naar Beulah!"

De koffers waren intussen in de laadbak van een vehikel uit de oertijd van de auto gegooid.

Haio en Nuncia wrongen zich, zoals de bedoeling was, voorin.

Het zat niet al te ruim, maar ze hadden toch ook weinig zin om als vrachtgoed tussen de koffers te arriveren. Dat Coober Pedy geen luxe stad met een elegante bevolking was, leerde de rit hen al. Jacko's rammelende wagen deed het prima en iedereen kende blijkbaar Jacko, want hij wuifde naar links en rechts en af en toe wees hij trots op zijn passagiers en iedereen wist blijkbaar wie ze waren. Het kleine witte huis met aan de voorzijde een lange veranda lag tegen een oase van groen, buiten Coober Pedy en aan de linkerkant van het huis maar met tussenruimte van tweehonderd meter lag een bouwsel van golfplaat.

„De hangar," wees Jacko trots. Daar lag ook de landingsstrip en het vliegtuigje, volgens de alwetende Jacko, een type dat het nog redelijk deed, stond onder het afdak.

Beulah kwam hen begroeten, ze was lang, mager en zeer plechtig maar heel vriendelijk.

Het huis was schoon en heerlijk koel, blijkbaar verstond Beulah haar werk. Er waren weinig meubels, alles van licht hout en nergens stofnesten, niet bepaald gezellig maar wel keurig en koel en daar ging het om.

„We zullen het best samen kunnen vinden en ik ben blij, dat ik meteen twee mensen heb, die me wegwijs kunnen maken," zei Nuncia en het was van beide kanten sympathie op het eerste gezicht, al bleven ze haar leven lang als Poppeye en Olijfje in haar herinnering.

Beulah had met gevoel voor sfeer en romantiek de tafel gedekt op de veranda.

„En eindelijk voel ik me thuis... zo rustig en mooi is het hier, kon het maar altijd zo blijven," zei Nuncia, toen ze, na het eten, naast elkaar op de witte bank voor het huis zaten en naar de geluiden van de avond luisterden. „Ik hoop dat dit land ons geluk mag brengen... tot in lengte van dagen... mijn lief!" Haio sloeg zijn armen vast en koesterend om zijn vrouw heen en hij voelde, dat ze huiverde.

Hij vroeg niet waarom dat zo was, soms schrok hij terug voor de mystieke kant van Nuncia's karakter, waarover zij niet sprak maar die hij toch aanvoelde. Waarom zei ze nu niets, terwijl hij sprak over dit land, dat hun geluk moest brengen? Geloofde ze er niet in?

„Nuncia?" Haio streek zachtjes over het glanzende donkere haar van zijn vrouw. „Ik beloof je… als je hier niet kunt wennen, dan gaan we terug."

„Zolang jij er maar bent… met jou samen…" Nuncia klemde zich in een opwelling van angst aan Haio vast. „Laat me nooit alleen… Haio… zonder jou red ik het niet… ik kan niet nog méér mensen verliezen!"

Niemand kan voorspellen, wat er allemaal in een mensenleven kan gebeuren, maar Nuncia en Haio waren jong en erg verliefd en de vreemde golf van angst, die Nuncia zo sluipend bij de keel had gegrepen, verdween voor de werkelijkheid… Eindelijk, na zoveel onrustige dagen en nachten van reizen, tijd te krijgen om elkaar lief te hebben in een omgeving die mooi en sprookjes-achtig was geworden, die heel gewone wereld met al zijn haast, zorgen en moeilijkheden had… eindelijk… voor een paar glan-zende gelukkige uren opgehouden te bestaan. Wat de toekomst ook mocht brengen aan zorgen en verdriet, hoe weinig roman-tisch Coober Pedy in werkelijkheid ook mocht zijn, voor hen bleef het een stukje van de hemel in hun herinnering… en geen huis werd ooit meer zo mooi en zo lief als het kleine witte huis tegen de waaier van groen, met de geluiden van de nacht en Jacko, die in de schuur hout begon te hakken, meteen op scher-pe toon door Beulah tot de orde geroepen: „Gebruik je verstand, Jacko… je verstoort de rust van dokter en mevrouw."

Jacko keek alsof hij daar niet helemaal aan geloofde en wilde uitleg gaan geven, maar daarmee was hij bij Beulah aan het ver-keerde adres: „Leg die bijl neer en bemoei je er niet mee… ik wou maar zeggen… met je liefdeslessen ben je veertig jaar te laat, Jacko… o zo!" Jacko sloot secuur alle deuren van het huis voor de nacht.

Romantiek duurt maar een vleug van de toch al zo snel vliegen-de tijd. De eerste oproep voor doktershulp liet niet lang op zich wachten en voor de eerste keer zag Nuncia, met zeer gemengde gevoelens, het vliegtuigje de lucht in scheren. Ze had meegewild, zich beroepend op haar opleiding als verpleegkundige, die ze overigens nog lang niet voltooid had.

„Nee, dat wil ik niet. Jij blijft thuis, althans voorlopig," weerde

Haio af. „Ik moet zelf eerst nog wennen en ik peins er niet over me ook nog om jou bezorgd te moeten maken... tot straks, meisje."

„Het is deze keer niet zo ver... een van de mijnen... maar als de dokter werkelijk ver weg zou moeten... De outback kan erg heuvelachtig zijn... met flesbomen... en de bush... dat moet je niet te licht opvatten... het is hier eindeloos zwaar en dicht begroeid... en dan de Simson Desert... je kunt hier, wat de outback betreft... alle kanten op." Beulah was naast Nuncia komen staan en ze had gezwegen tot het toestelletje aan de horizon was verdwenen.

„Ik mag een boon zijn als ik weet, waar je het allemaal over hebt," zei Nuncia somber, die voorlopig met zichzelf geen raad wist. Wat ze hier in deze rimboe moest beginnen, waar de huishouding blijkbaar goed marcheerde, en een soort veredelde tuinkabouter voor de tuin en allerlei technische zaken zorgde. Ze kon ook niet even gezellig gaan winkelen, bij gebrek aan winkels.

Beulah stond haar op korte afstand te bekijken, met de armen over elkaar geslagen. Nuncia keerde zich naar haar toe en keek haar tamelijk wanhopig en verdrietig aan. Beulah stapte op haar af en trok haar aan de hand mee naar de veranda.

„Ga eens zitten... kind. Ik begrijp, dat het moeilijk is. Alles wat vreemd is... en dat is in dit geval nogal wat... ziet eruit alsof je er nooit mee zult leren omgaan. Je voelt je als een kat in een vreemd pakhuis... dat zou ik ook doen, als ik opeens in jouw wereld... daar ver weg... werd neergezet en iedereen dacht: Zoek het nou zelf maar uit... want dat gaat gewoonweg niet. Ik denk, dat je amper weet, wie de oorspronkelijke bevolking uitmaken. Dat zijn de Aborigines, een natuurvolk, dat onder andere de oneindig uitgestrekte wouden bewoont. Vergis je niet in het gebied, waarboven de dokter met zijn kleine toestel rondzweeft... je zou weken en weken moeten lopen, als je de weg al kon vinden... om weer in de bewoonde wereld te komen. De bush is onherbergzaam. De Aborigines... en je hoeft ze echt niet, tegen je overtuiging in mooi te vinden, want dat zijn ze ook niet... leven in de open lucht en hebben geen enkele bezitting. Het is een keihard bestaan daar en de hemel is hun deken. Een

Aborigine zal niet zeggen dat het tien of vijftien graden onder nul is, maar wel, dat het vijf, zeven of tien hónden koud is... als het 's nachts koud is slapen ze tussen de vele honden die ze hebben en die hen moeten verwarmen. Zij zijn ook de enige mensen in Australië, die op kangoeroes mogen jagen, omdat het hun hoofdvoedsel is. Ze eten ook vruchten en bladeren van de flesbomen... meer zal ik je op het ogenblik maar niet vertellen, dat komt later wel..."

Nuncia was zo blij, dat Beulah met een gezellig praatje haar eerste morgen als huisvrouw in de rimboe begeleidde, dat ze haar er altijd van harte dankbaar voor bleef, want ze had zich nog nooit zo verloren gevoeld. Beulah en Jacko waren en bleven trouwens haar steun en toeverlaat.

Beulah vertelde boeiend over Coober Pedy, de mensen die er woonden en over de mijnwerkers, meestal vrij ruwe jongens, die tot diep in het gebergte afdalen om er opaal te hakken.

„Een gevaarlijke job... dat is mijnwerk altijd, maar in dit geval extra omdat er zeer giftige spinnen, schorpioenen en slangen huizen... Je hoeft niet zo bleek van schrik te worden, hoor... ik heb het over het gebergte waar de opaal gehakt wordt... al kan hier ook best eens een insekt rondkruipen, maar niet van die soort als ik net beschreef. Ben je er bang voor?"

Dat was Nuncia inderdaad, maar ze wilde het niet bekennen. Beulah en Jacko kwamen daar overigens snel achter door de snerpende gillen die Nuncia in de eerste weken uitstootte als ze kruipend of vliegend gedierte tegenkwam, dat ze niet kende en ook liever niet wilde leren kennen.

Langzamerhand begon Nuncia zich zekerder te voelen, de zendinstallatie werd door haar bediend en die verbinding met de buitenwereld bracht ook de broodnodige afwisseling. Ze had haar studie niet af kunnen maken, maar door haar opleiding, stond ze niet als leek tegenover medische zaken, wat prettig was voor Haio, die er van overtuigd kon zijn, dat boodschappen correct overkwamen. Het ergerde Nuncia telkens weer, hoeveel eigenwijze toeristen de ernstige waarschuwingen om niet op eigen houtje de gevaarlijke Ayers Rock te gaan beklimmen negeerden. Ze gingen blijkbaar van het standpunt uit, dat de koperen borden aangebracht op de plaatsen waar in het verleden toeristen waren verongelukt, hun niets te zeggen hadden, want zij zouden wel uitkijken, notabene op spekgladde rotsen waaraan je je niet eens kon vastklampen. Die toeristen waren noch verstandig noch voorzichtig en voortdurend konden andere mensen, waaronder de dokter, hun leven wagen om in nood geraakte toeristen van de spiegelgladde rotsen te plukken. Er is daar nauwelijks steun om de voeten schrap te zetten en de tweewielige brancard meeslepen maakt het nog gevaarlijker.

„Het zijn mensen in nood en ik ben hier om te helpen," suste Haio zijn bijzonder boze echtgenote op een avond, nadat hij 's morgens bijna zelf in de diepte was gestort bij zijn pogingen om een Amerikaans echtpaar te helpen, wat overigens toch was gelukt.

„Ben je hier alleen als Eerste Hulp voor stomme waaghalzen?" raasde Nuncia en kreeg voor het eerst fors ruzie met Haio. „Je bent arts en je moet zieken helpen... dacht ik."

„Wat zeur je nou?" vroeg Haio geprikkeld, hij was natuurlijk doodmoe.

„Je wist toch met wie je trouwde en wat mijn werk zou zijn? Nou dan!"

„Néé, ik wist niet dat je telkens weer halfgare toeristen van dodelijke rotsen moet plukken," schreeuwde Nuncia. „Ik háát die mensen... die zich zo nodig moeten bewijzen en dat alles voor opaal! Ik wil van m'n leven geen sieraden met opaal."

„Nou, da's dan bést... maar moet ik soms die waaghalzen laten verongelukken?" informeerde Haio sarcastisch. „Wat héérlijk is het, als je doodmoe thuis komt en je vrouw maakt ruzie omdat je doodgewoon je werk hebt gedaan. Het gaat me zo enorm vervelen dat je daar telkens opnieuw over zanikt. Als je niets beters weet te verzinnen verdwijn dan liever uit mijn ogen."

„Ik ben geen schoolkind!" schreeuwde Nuncia. „Wat denk jij eigenlijk wel?"

„Je bent nog erger dan een schoolkind en heel onredelijk!" Nuncia holde naar buiten, daar draafde ze wat rond en kwam ten slotte in de hangar, of wat er voor door ging, terecht. Jacko was ook niet te best gehumeurd, want er mankeerde voortdurend iets aan de Cessna, het ding begon oud te worden en kon wel voortdurend weer worden opgelapt maar het begon irriterend op Jacko te werken. Ook Beulah keek tamelijk stuurs, toen Nuncia naar de keuken dwaalde.

„Jullie zijn allemaal kwaad op mij," beklaagde Nuncia zich. „Goed, ik ga al…"

Ze ging een brief naar huis schrijven, dat deed ze veelvuldig en Esmé schreef altijd onmiddellijk terug, zodat ze goed op de hoogte bleven van elkaars leven. Tegen het einde van de lange brief, was Nuncia's woede bekoeld en ging ze voorzichtig kijken, wat Haio uitvoerde. Hij zat op de veranda somber voor zich uit te staren en hij sloeg automatisch zijn arm om Nuncia heen, toen ze op de zijleuning van zijn stoel ging zitten. Boos was hij dus niet maar blijkbaar wel depressief en dat was haar schuld.

„Haio, het spijt me, ik had ongelijk, maar het komt, omdat ik me voortdurend ongerust over je maak… kon ik maar meegaan." Ze bukte zich en kuste hem op zijn haar. „Toe nou… kijk niet zo triest. We hebben het toch fijn samen… of niet soms? Ik zou nergens anders willen zijn, dus kijk niet alsof je je vreselijk zit te verwijten, dat je me hierheen hebt gesleept… want dat heb je niet gedaan. Ik ben nog altijd dankbaar, dat ik hier ben… bij jou… en ik zou nergens anders willen zijn. Geloof je me?"

„Ik zou niet weten, wat ik in deze negorij moest… zonder jou!" Haio trok haar over de stoelleuning in zijn armen en knikte haar warm en liefdevol toe. „Zwartoogje, zelfs als je schreeuwt van woede… zoals daarstraks… ben je nog het liefste gezelschap, dat ik me kan wensen. Zo goed… schatje?"

„Onwaarschijnlijk!" Nuncia schoot in de lach. „Niet te geloven, maar wel erg lief en complimenteus. Haio… ik ben dol op je… wist je dat?"

„Zo hoort het ook… gekje!" Met een zucht van tevredenheid nestelde Nuncia zich dichter tegen haar man aan, op dit ogenblik was de wereld goed, vredig en had ze weinig meer te wensen.

Beulah, die wilde gaan vragen of Jacko soms in de hangar bleef wonen, sloop bescheiden voorbij en deelde Jacko mee, dat alles weer koek en ei bleek te zijn.

„Het kan ook stilte voor de storm betekenen," bromde Jacko.

„Jij bent toch ook jong geweest, pessimist." Beulah keek verontwaardigd in zijn richting. „Ze zitten samen in één stoel te tortelen."

Jacko krabde op zijn hoofd, terwijl hij achter Beulahs schrale lange gestalte naar binnen slofte. Hij kon zich niet meer herinneren dat hij ooit met Beulah in één stoel had zitten tortelen, zoals zij dat poëtisch noemde. Jacko grinnikte... hij, zo klein en rond en Beulah, heel lang en mager, zeker een kop groter... samen in een stoel... dat moest zelfs in hun jonge jaren een komisch effect hebben opgeleverd!

Nuncia wilde allerlei cursussen volgen, bovendien wilde ze leren een klein vliegtuig te besturen... o, ze wilde zoveel en Haio vond het allemaal prachtig wat Nuncia deed, als ze maar niet zeurde over de Ayers Rock. Hij geloofde wel, dat Nuncia van doorzetten wist en het niet alleen bij plannen zou laten maar een jaar later deed baby Lucinda haar intrede in de aardige witte bungalow en van studeren kwam in de eerste jaren daarna nog niets. Cindy was een handenbindertje, dat het huishouden, behalve haar verstandige moeder, aardig onder de duim hield. Lucinda, in de wandeling Cindy genoemd, kreeg nooit de kans om met andere kinderen te spelen en ze was vanzelfsprekend altijd omringd door volwassenen.

Thuis, in Holland, arriveerden hele pakken foto's en vooral Cindy was, tot ieders vreugde, een gewild foto-object.

De stevige schrijf-lijn tussen Esmé en Nuncia vormde een troost vooral voor Esmé, die er door de jaren heen nooit echt aan kon wennen, dat Nuncia zo ver weg zat. Ze schreven elkaar heel regelmatig en het werden enorme lappen brief, zodat ze gelukkig wel van elkaars wel en wee op de hoogte bleven.

Nuncia was gelukkig met haar Haio en de kleine Cindy, zodat Esmé nooit spijt behoefde te krijgen van haar rol als Cupido, waarover noch Esmé noch Haio ooit tegenover Nuncia ook maar één woord hadden laten vallen.

In de vele brieven aan Esmé 'zeurde' Nuncia er nog steeds op los over de gevaarlijke Ayers Rock, waar Haio zo vaak mee te maken kreeg en toch was het uiteindelijk niet de Ayers Rock die zich grimmig gedroeg tegenover de dokter.

Esmé bleef haar zusje wel erg missen maar hoefde zich geen zorgen te maken over het geluk van het kleine gezin in Australië. Nuncia had geleerd niet snel in paniek te raken en Cindy vroeg veel aandacht.

„Ik zou er best volgend jaar eens willen gaan logeren," zei de intussen ruim achttienjarige Esmé, die door de jaren heen Nuncia hevig was blijven missen en het briefcontact met haar nooit liet verslappen. Nuncia deed dit evenmin en was ook een goede briefschrijfster. Esmés ouders schreven regelmatig maar veel minder, hier ging het meer om foto's uitwisselen en vragen en verhalen over Cindy. Nuncia had nooit kans gezien om over te komen, de reis was te ver met een klein kind en bovendien waren Haio en zij helemaal gegroeid in hun taak van vliegende dokter en zijn vrouw, die respectievelijk de zieken hielpen en de centrale bedienden en nog duizend en een dingen deden, die geen enkel boekje of dienst voorschreef.

Cindy leefde vrij en blij, maar kwam te weinig met andere kinderen in contact en als dat een keer wel gebeurde, speelde ze zo verschrikkelijk de baas, dat de andere kinderen brullend wegliepen of haar op haar gezicht sloegen. Noch het een noch het ander was acceptabel en het bezorgde vooral Nuncia slapeloze uren. Haio lachte overal om en had het te druk om veel tegen zijn dochter te preken. Hij weigerde trouwens om voor boeman te spelen en Cindy aanbad haar vader maar op mama was ze ook dol, al mocht ze van haar heel veel dingen niet, waarvan Cindy niet inzag waarom het allemaal niet mocht. Beulah en Jacko speelden de rol van liefhebbende grootouders, die veel door de vingers zagen en alleen in de 'hangar' wilde Jacko het kind beslist niet rond zien hangen.

Het kleine vliegtuig was vervangen door een veel groter vliegtuig, dat nog meer moeilijkheden gaf dan het oude toestel, aldus Jacko. Een vreemd, maar toch gelukkig huishouden daar, ver weg in Australië, in het witte huis, terzijde van de landingsstrip, waar Cindy bijna dagelijks het toestel van haar vader zag opstijgen en neerstrijken. Een enkele keer, als het niet anders kon, ging Nuncia mee, maar Haio had het liever niet, met het oog op het risico. Er kon altijd iets gebeuren met het toestel en dan zou Cindy met één klap wees zijn. Het klonk keihard maar het was nu eenmaal de waarheid en Nuncia had dit, bleek en zwijgend, aanvaard en er nooit meer over willen praten. Wat ze werkelijk dacht zei ze niet maar ze bleef voortaan, tenzij in noodgevallen, bij Cindy op de veilige grond.

Nooit ging Haio de lucht in zonder dat Nuncia erbij was en hem nakeek alsof het een bezweringsformule was, zoals iedere moeder 's morgens tegen man en kinderen zegt, als ze het huis uitgaan: „Zal je goed uitkijken!"

Helaas ligt het vaak niet aan 'goed uitkijken' van die man, die vrouw of dat kind, maar aan de vele factoren die geen mens kan voorzien. Een van de vaardigheden, die Nuncia zich in de loop van de jaren verwierf was het besturen van het vliegtuig, ze slaagde daarin met glans. Haio was er niet zo blij mee geweest maar ze had koppig volgehouden en gezegd, dat je niet kon weten, waar het goed voor was.

„Jij vindt alles voor mij te gevaarlijk, maar zo is het leven hier nu eenmaal," had ze zich verweerd en ten slotte had Haio ingezien, dat risico's niet te vermijden zijn, zeker niet in hun leven.

HOOFDSTUK 6

Esmés vader kwam met onnodig lawaai van de trap af en gooide de deur van de zitkamer open. Esmé keek verbaasd op, ze zat,
dwars over een gemakkelijke stoel, uitgebreid te telefoneren en
dat was het nu juist, wat haar vader zo ergerde.

„Leg… verdorie… die telefoon eindelijk eens neer!" schreeuwde
hij. „Ik zit een halfuur te wachten… hóór je me?"

Esmé was nu achttien, blond, mooi en vrolijk en ze werd geacht
sociologie te studeren, maar overwerkte zich bepaald niet. Ze
geloofde het wel, er waren zoveel leukere dingen te doen voorlopig. Niemand zat er op haar te wachten en bovendien… ze studeerde heus wel, maar in haar eigen gezapige tempo… kom ik er
vandaag niet, dan kom ik er morgen wel. Mama vond het gezellig haar thuis te hebben en altijd bereid de boeken 'even' te laten
liggen, voor wat dan ook. Esmés vader was het er niet mee eens,
maar hij had zijn dochter altijd stevig verwend en dan is het
moeilijk om de zaak krachtig genoeg terug te draaien. Esmé
snapte eenvoudigweg niet, waarom hij zich opeens zo druk
maakte. Ze studeerde toch… nou dan? Ze hadden de laatste
maanden dan ook telkens conflicten, over kleinigheden weliswaar, maar die toch de sfeer min of meer bedierven.

„Hoor je me?" schreeuwde vader Francke, waarop Esmé de
hoorn met haar hand afdekte en snauwde: „Schreeuw toch niet
zo! Ik zit te bellen… wacht maar even!" Even betekende in dit
geval een halfuur en het was niet voor het eerst en dan bovendien nog een grote mond op de koop toe! Esmés vader vloog op
zijn dochter af en rukte de hoorn uit haar hand, die hij daarna
hardhandig op het toestel smeet.

„Zeg pa… ben je nou helemáál…" Esmé vloog overeind alsof ze
door een wesp werd gestoken, haar donkerblauwe ogen sproeiden vuur. „Ik ben geen klein kind meer!"

„Nee, maar zo gedraag je je wel… je belt maar door, allemaal
geleuter en ik zit te wachten terwijl ik een zakenrelatie moet bellen… dat kan zo niet langer… dat urenlange geleuter per telefoon, begrepen?" Esmé maakte aanstalten om het gesprek
opnieuw aan te vragen, waarop haar vader schreeuwde: „Je láát
het… wat denk je nou wel, blaag die je bent!"

„En denk jij dat je zo maar m'n gesprek kan verbreken?" gilde Esmé. „Wat moet m'n vriend wel denken? We waren een afspraak aan 't maken."

Esmé had kort geleden een aardige jongen ontmoet op een discoavond en de relatie beperkte zich voorlopig tot ellenlange telefoongesprekken, omdat de jongeman bij familie op bezoek was geweest en in Friesland woonde, wat de zaak ook nogal kostbaar maakte.

Esmé en haar vader waren op dat ogenblik geen van beiden meer voor rede vatbaar.

„Je voert niets anders uit dan telefoneren... wees eens zo ijverig met je studie," brieste vader Francke. „En heb niet het hart, dat je die knaap opnieuw belt... in ieder geval niet in mijn huis... en ik heb die knaap één keer gezien... ik moet 'm niet... zo dan!"

„O néé... moet jij 'm dan aardig vinden? Dat maak ik zelf wel uit. Als ik hier niet mag bellen, dan ga ik het ergens anders doen... dan ga ik wel helemaal weg." Ze waren geen van beiden ooit zo driftig tegen elkaar uitgevallen en op dat ogenblik kwam mevrouw Francke de kamer binnen, zoals altijd de rust zelf.

„Wat mankeert jullie nou eigenlijk?" vroeg ze. „Is het echt nodig zo tegen elkaar te schreeuwen en denken jullie echt, dat het iets oplost?"

„Nee... maar híj..." Esmé wees met bevende vinger naar haar vader.

„Hij is je vader, zou je 'm misschien zo kunnen noemen?" vroeg haar moeder droog. „Dat heb je namelijk achttien jaar lang gedaan."

„Onzin... maar zij..." begon vader Francke, waarop hij een broodje van hetzelfde deeg kreeg: „Zij is je dochter Esmé... zég dat dan als je iets uit te leggen hebt. Het zal wel weer om de telefoon gaan, nietwaar? Esmé, je weet heus wel, dat het is om uit je vel te springen, als een ander... wie dan ook... de telefoon maar bezet houdt, als jij nodig moet bellen. Heb je nooit eens voor een telefooncel staan dansen met de wens de zeurpiet daarbinnen eruit te sleuren? Ik wel... je vader ook... nou, dit is zo'n geval... en begin niet meteen allebei met verwijten en dreigementen te gooien... daar houd ik niet van. Gebruik allebei je verstand... praat het uit. Jullie zit elkaar de laatste maanden voortdurend dwars en dat gaat me enorm vervelen. Ik heb het genomen maar als ik vandaag of morgen mijn kalmte verlies, wat jullie niet gewend zijn, zal je eens iets zien gebeuren... geloof dát maar gerust!"

Waarna mama met opgestoken zeilen de kamer uitwandelde en vader en dochter elkaar eerst verbluft aankeken en toen, overigens onwillig, in de lach schoten.

„Waarom doe je dan ook zo vervelend tegen me?" vroeg Esmé plotseling zachtzinnig. „Als je echt iets tegen me hebt, kun je er best over praten, maar je moppert en bromt maar... daar kan ik niet tegen. Je zit maar over dat studeren van me te hakken, maar ik zie die studie eigenlijk niet zo zitten... Ik weet ook niet, wat ik anders moet doen... en waarom mag je Hans nou niet, je hebt 'm maar één keer gesproken."

„Omdat hij er net zo over denkt als jij... ook niks ziet zitten..." zei Francke zuur. „Jullie komen samen een héél eind... denk nog maar eens na."

„Ik wou, dat ik zo precies wist als Nuncia... hoe ik m'n leven wil inrichten... Nuncia was met haar achttiende niet zo'n dwaallicht."

Esmé zuchtte. „Weet je, wat ik zo vreemd vind, we hebben al vijf weken geen brief gehad en ze antwoordt altijd onmiddellijk... er zal toch niets bijzonders zijn gebeurd? Het maakt me nogal onrustig... ik weet niet waarom, maar ik ben altijd ongerust als ze bijvoorbeeld een week later schrijft. Dat komt ervan als je zo punctueel bent als Nuncia."

Het verlangen naar haar zusje Nuncia bleef altijd een zwak punt in Esmés blije, vrij zorgeloze leven. Ze was over het gemis nooit heengekomen, omdat Nuncia zo onbereikbaar ver weg was, nooit eens met een vakantie te bereiken viel. Zo'n reis ging je niet maken voor twee weken en was ook te duur, daar moest ze dan maar voor blijven sparen hadden haar ouders geoordeeld, temeer omdat Esmé na de schooltijd te kennen had gegeven, dat ze sociologie wilde gaan studeren. Ze had er zich destijds enthousiast voor laten maken door een leraar, die door alle meisjes werd aanbeden. Toen na de schooltijd de leraar er niet meer was, bleef er van het enthousiasme niet veel over maar er was geen andere studie waar ze een voorkeur voor koesterde, dus had ze toch maar doorgezet, met bedroevend resultaat… en langzamerhand de reden van de kribbige sfeer thuis.

De dag na de ruzie om de telefoon zat Esmé onder de dwang der omstandigheden ijverig te werken op haar kamer. Mevrouw Francke had gevraagd, misschien onverstandig, of Esmé met haar wilde gaan winkelen, maar Esmé had geantwoord, dat ze daar, wegens het steeds dreigend vaderlijk ongenoegen, liever vanaf zag.

Het was ongewoon rustig in huis. Esmé, die meestal de radio had aanstaan, omdat ze beweerde dat muziek, als ze maar zacht genoeg was, haar stimuleerde bij het leren, had van dit wonder- middel afgezien en studeerde een uur lang serieus. Ze schrok van het schrille geluid van de telefoonbel en strekte met een gebaar van weerzin haar hand naar het toestel uit.

Nu had ze tijd om met Hans te praten maar ze had er geen zin in.

„Esmé…" Ze herkende de stem meteen, ze klonk dichtbij en toch vreemd, doods, alsof ze uit een andere wereld kwam.

„Nuncia!" Ze schreeuwde de naam. „Waar ben je? Wat is er? Nuncia, zeg me waar je bent… hallo… hallo…"

„Ik ben er nog, Esmé." Weer die vreemde, vreugdeloze stem, die ze toch onmiddellijk had herkend. „Ik ben op Schiphol… met Cindy. Vraag niet verder… kan papa me komen ophalen?"

„Papa is er niet… ook niet op kantoor, hij zit een paar dagen in Engeland, maar mama is met een vriendin mee, ze zijn zonder wagen. Mama's wagen staat in de garage, ik mag er mee rijden, sinds ik drie maanden geleden mijn rijbewijs heb gehaald. Ik kom naar je toe. Waar kan ik je vinden?"

„In de buurt van de receptie. Ik kijk naar je uit… dág!" De ver- binding werd verbroken en Esmé wist niet of ze nu wakker was of droomde, ze stond een paar minuten versuft voor zich uit te staren. Het kon geen grap zijn… het was Nuncia geweest, een heel vreemde, kille Nuncia. Er moest iets vreselijks gebeurd zijn. Esmé trachtte geregeld te denken: Een briefje voor mama neer- leggen: Ben Nuncia halen, ze zit met het kind op Schiphol. Ik weet niet, wat er aan de hand is. Tot straks, Esmé. Ze plakte de brief stevig met plakband tegen de glazen ruit van de ingang naar de zitkamer, zodat mama het krabbeltje niet over het hoofd kon zien.

Nog geen tien minuten later was ze op weg naar Schiphol, onge-rust, maar toch met het besef, dat ze niet moest gaan zitten suf-fen achter het stuur, want dat daar niemand mee opschoot. Toch bleef zich voortdurend de gedachte opdringen: Er is iets met Haio... ze is van hem weggelopen en dan is het ernstig, want Nuncia handelt niet overijld. Als ze gewoon over was gekomen, als verrassing voor ons, had ze anders gehandeld... want zo kan het nauwelijks! Uit Australië komen met een klein kind en dan op het vliegveld naar je ouderlijk huis bellen: Kom me halen... en met zo'n vreemde, levenloze stem. Langzamerhand verdween de paniek en het begon door de wattendeken van angst en onrust, waar niets zinnigs doorheen had kunnen breken, door te dringen, dat Nuncia hulp nodig had, dat stond vast en dat zij, Esmé, haar zusje moest opvangen, wat er dan ook gebeurd mocht zijn. Ze wist toen al, rijdend naar Schiphol, dat er onher-roepelijk een eind aan haar zorgeloze jaren was gekomen. Vanaf nu zou het anders worden en ze wist niet, waarom ze daarvan zo overtuigd was.

Op Schiphol had ze het geluk, dat ze de wagen pal voor de ingang aan de overzijde van de rijweg kwijt kon. Ze haastte zich de hal binnen en zij zag Nuncia het eerst, een kleine, kouwelijke vogel, ineengedoken op de punt van een bank, een tenger blond kind hing vermoeid tegen haar aan, ze sliep. Het karretje met de koffers stond naast Nuncia. Het geheel maakte zo'n verlaten en trieste indruk op Esmé, dat ze het liefst gehuild zou hebben, maar daar had niemand iets aan, dacht Esmé opnieuw en het was, alsof iemand anders, buiten haar, dit tegen haar zei. Huilen kun je later doen, nou moet je helpen. „Nuncia!" riep ze en even leefde het magere bleke gezichtje waarin de ogen veel te groot leken, op.

„Esmé!" Ze legde met een instinctief gebaar Cindy op de bank, zodat het kind niet om zou rollen, daarna viel ze Esmé in de armen.

„Kind toch... Nuncia toch..." Op dat ogenblik was Esmé verre-weg de oudste, ze sloeg haar armen vast om haar zusje heen en drukte het donkere hoofdje tegen haar schouders. „Wat is er toch met je gebeurd... je hoeft er niet meteen over te pra-ten als je dat niet kunt, we gaan naar huis en ik zorg overal voor."

„Ik heb je gemist, Esmé... en papa en mama ook..." Nuncia maakte zich langzaam los uit Esmés omhelzing en ze hield haar zusje bij de schouders vast. „Haio is verongelukt... naar beneden gestort met het vliegtuig. Ik ben er altijd bang voor geweest... maar ik moest er mee leven... nu is hij er niet meer... en zijn Cindy en ik... alleen."

Esmé voelde de grond onder haar voeten golven bij dit vreselijke nieuws. Hier had ze niet aan gedacht, hoe vreemd dat ook mocht lijken. Zo kort was Nuncia's geluk geweest... zo erbarmelijk kort!

„Wat vreselijk..." fluisterde ze schor. „Je hoopt op een lang leven samen... zo begint toch iederéén... en miljoenen mensen verliezen elkaar door het léven... en jij... die zo gelukkig was met Haio... het is niet rechtvaardig!"

„Rechtvaardig... ach... wat is rechtvaardig!" Nuncia huiverde in haar veel te dunne jasje, haar ogen dwaalden naar het slapende kindje. „Kort... maar zó mooi... zo góed... ik zou het niet hebben willen missen, het was de moeite waard en ik moet verder... om háár... maar ik wilde bij jullie zijn... thuis. Zolang Haio leefde was dáár mijn thuis, nu niet meer... nee, nu niet meer."

Ze wilde het kind optillen maar Cindy sliep, was niet wakker te krijgen en ontilbaar als een blok steen, omdat ze totaal niet meegaf.

„Ze is doodop," zei Nuncia zacht. „Maar ze is te zwaar om te dragen, ze moet wakker worden."

„Welnee, we leggen haar even op de bagage en dan zo de auto in."

Esmé pakte het kind onder de schouders en Nuncia bij de beentjes, zo werd Cindy naar de auto vervoerd en met vereende krachten op de achterbank gewerkt. Ze werd er niet wakker van, zo uitgeput was ze.

„Ga jij er maar vast in, ik zorg wel voor je bagage," zei Esmé, ze duwde Nuncia in de wagen.

Het viel echter niet mee om in de veel te kleine bagageruimte van mama's wagentje de bagage te proppen, ze begon alles er weer uit te sjouwen, voor de tweede maal.

„Zo gaat het ook niet, meisje."

De man praatte Nederlands maar met een sterk accent. „Laat mij maar even..."

Esmé stapte terug. De redder in de nood was jong en mocht gezien worden maar al had hij overeenkomst vertoond met een gorilla, dan zou hij voor Esmé nog de reddende engel zijn geweest. Ze had deze middag in haar eentje heel wat verwerkt en een stelletje koffers in een te kleine ruimte proppen begon stevig op haar zenuwen te werken.

„Wat vriendelijk van u... ik ben doodop, het gáát gewoonweg niet!" zei ze timide.

„Ik zie het," zei de man droog, hij keek haar even aan, met heldere onderzoekende grijze ogen. „Ik ben ook pas aangekomen, maar ik zag jullie zeulen met de koffers en het kind. Ik wist niet of hulp gewenst is, maar nu werd het me toch te erg... zo, dit gaat er meer op lijken. Alles zit erin... niet te hard met het deksel gooien, hoewel ik geloof, dat het kind nog niet wakker wordt van een kanon! Kan ik nog ergens mee helpen?"

„Nee, maar ik ben u geweldig dankbaar." Ze reikte hem spontaan de hand.

De man keek de auto na, streek eens met zijn hand door zijn dikke krullende haardos en haalde spijtig de schouders op. Dag leuk meisje... jou zie ik nooit meer... jammer!

Daarna keerde hij zich om en slofte naar zijn eigen bagage toe. Een taxi zou geen overbodige luxe zijn want er was niemand die hem kwam afhalen, bij gebrek aan familie.

Esmés moeder had ook niet geweten wat haar overkwam, toen ze Esmés kattenbelletje had gelezen. Ze wist eenvoudigweg niet, wat ze ervan moest denken en het enige wat ze kon doen was zich bezig houden met de kamers. Als Nuncia thuiskwam, moest ze niet naar de logeerkamer, dacht ze. Ten slotte was Nuncia's kamer er nog, daaraan was niet zoveel veranderd maar moest Cindy een aparte kamer of wilde ze liever bij haar moeder op de kamer? Wat bloemen uit de tuin plukken en hoe moest het met het speelgoed voor Cindy? Zo liep mevrouw Francke, vreselijk nerveus, de tijd vol te maken, tot ze eindelijk de auto zag aankomen, maar toen had ze al twintig minuten aan het tuinhek gestaan. Ze schrok van het bleke tere vrouwtje, dat ze voor het laatst als stralende bruid had gezien. Nuncia... nog zo jong... en al een schim van het meisje, dat ze zes jaar geleden was geweest. „Mama," zei Nuncia, ze liet zich omhelzen en koesterde zich heel even in de warmte en tederheid die van die innige omarming uitging.

„Wat is er dan toch gebeurd, m'n schatje?" Mevrouw Francke drukte het hoopje verdriet tegen zich aan. „Wat is er dan toch?" Ze zag langs Nuncia's hoofdje het gezichtje van Esmé, bleek en met tranen in haar ogen.

„Haio… leeft niet meer," fluisterde Nuncia. „En ik kan… ik kan niet huilen… niet écht huilen…"

„O, mijn kind… mijn kind…" Mevrouw Francke wiegde haar zachtjes in haar armen. De klap was zo hard aangekomen, dat ze niet wist, wat ze in die eerste ogenblikken nog meer moest doen, behalve Nuncia vasthouden. Esmé kon het niet langer aanzien, ze keerde zich om en dook de auto in, waar ze probeerde heel voorzichtig Cindy te wekken en deze keer lukte het. Blauwe ogen onder blonde haarfranje keken haar angstig en verwonderd aan, ze had maar één woord: „Mama!"

„Ja, schat, kom maar… mama is al uitgestapt," zei Esmé in het Hollands, want ze wist, dat het kleintje zowel Engels als Hollands goed sprak. Voorlopig wilde het kind van niemand iets weten en ging onmiddellijk aan haar moeder hangen, alsof ze bang was, dat mama zou weglopen als ze even niet oplette. Nuncia was erg lief voor het kind maar ze bleef voortdurend iets afwezigs houden, alsof ze nergens echt met haar gedachten bij was, behalve bij dat ene.

„Geen wonder, dat ze zo doet, alles is vreemd voor haar… ik doe vreemd, haar vader is gewoon weggegaan en hij is niet meer teruggekomen, ze verdedigt wat ze heeft," zei Nuncia veel later, toen ze allemaal wat tot rust waren gekomen. Cindy zat naast haar moeder, die haar automatisch over haar bolletje bleef strijken om haar gerust te stellen.

„Ik weet niet, of je er over kunt spreken," zei mevrouw Francke, laat in de avond, nadat Cindy eindelijk in slaap was gevallen. Ze had geëist, dat haar moeder naast haar bed bleef zitten.

Het kind huilde heel wat af, moe en uit haar doen als ze was en zo kwam het, dat het pas laat tot even rustig zitten en een gesprek kwam.

„Papa zal ook vreemd kijken," zei Nuncia zacht. „En praten...
nee, dat heb ik nauwelijks gedaan. Het is een nachtmerrie
geweest... en dat is het nog steeds. Jacko... je weet wel, onze
goede tuinkabouter en zijn Beulah hebben er ook zo'n verdriet
van, vooral omdat Jacko zich zonder reden verwijt, dat hij misschien íets niet heeft opgemerkt aan de machine... hij wist alles
van de machine... hield 'm altijd schitterend in orde, omdat er
zoveel vanaf hing... wat het geweest is, weten we niet eens. Haio
moest nu eenmaal nooit over gemakkelijk terrein, ergens in de
dichte bush is het toestel neergestort en uitgebrand... Natuurlijk
is er gezocht toen alle berichten uitbleven... tot ze... de tweede
dag... vanuit het laagvliegende toestel het nog nasmeulende
hoopje vonden... het wrak... nauwelijks een wrak... niets
bewoog... er was niets... alles dood... grauw... geblakerd... dat
was dus Haio's... graf!"
Nuncia liet zich achterover zakken in haar stoel en sloot de
ogen.
„Ben jij... gaan kijken... dichtbij?" vroeg Esmé, na een lange stilte.
„Nee, ik ben er niet geweest. Het waren bijna ondoordringbare
bossen rondom en de plaats waar de... de overblijfselen van het
vliegtuig lagen was alleen vrij vlak, de beroemde tra uit duizend-
en-een puzzels." Het klonk cynisch en opstandig. „Ik denk, dat
Haio dat ook heeft gezien en nog geprobeerd heeft om daar te
landen... maar dat kon niet, het open stuk in de dichte bossen
was niet groot genoeg.
Om die plek te bereiken was een dagenlange tocht door de dichte bossen nodig, dat is later gebeurd. Ik heb 't allemaal gehoord
en kon me bij niets bepalen. Het enige wat goed doordrong... er
was niets... níets meer. Ik kon het niet meer uithouden... er
kwam een nieuwe dokter en een die ik niet graag mocht... Ik
wist niet, wat ik er verder moest doen, de hele plaats is één grote
nachtmerrie en Cindy... die zichzelf niet meer was... Beulah, die
liep te huilen... Jacko, die niet anders wist te doen, dan over zijn
schuld piekeren... het was allemaal... vreselijk. Ik had zelfs niet
de moed om het jullie te schrijven... te bellen... ik heb in een
schemertoestand geleefd. Ik ben zo gelukkig geweest met
Haio... en zomaar... binnen een zucht van de tijd is alles voor-

bij. Het is een maand geleden gebeurd… een maand alweer…"

„Ik ben blij dat je tenminste thuis bent," zei mevrouw Francke en Nuncia antwoordde eenvoudig: „Daarom ben ik hier, jullie zijn mijn enige troost, steun en toeverlaat. Voor het geval dat mij iets overkomt, wil ik, dat jullie Cindy opvoedt… bij je houdt, zoals je het mij hebt gedaan. Je weet niet wat er kan gebeuren, dat heb ik immers meegemaakt, ik zal papa vragen dat in orde te maken."

Natuurlijk was ook Nuncia's pleegvader diep met haar begaan en zoals ze had verzocht, zorgde hij ervoor, dat notarieel werd vastgelegd, dat Cindy in goede handen zou blijven en later, als de ouders mochten uitvallen voor Cindy meerderjarig was, zou Esmé de zorg op zich nemen. De wetenschap dat er voor Cindy was gezorgd, gaf Nuncia wat meer rust. Het leven veranderde grondig. Cindy bleek een veeleisend kind te zijn, dat zich ook totaal niet aan andere kinderen kon aanpassen, geen wonder overigens, want dat was ze niet gewend. Op Greenbush was ze koninginnetje geweest, hier was ze een van de velen. Nuncia bleef apathisch en het was Esmé, die langzamerhand de zorg voor Cindy op zich nam, omdat ze het beste met haar kon opschieten. Nuncia was er eenvoudigweg niet toe te bewegen ergens met Cindy heen te gaan. In plaats van beter ging het steeds minder met Nuncia, ze schrompelde in elkaar, kwijnde weg en beroep op haar had geen resultaat. Cindy was goed verzorgd, wat wilde ze meer? Cindy wilde naar de dierentuin… Esmé ging met haar mee. Na twee weken kreeg Esmé laaiende ruzie met haar prille liefde, want hij had geen zin om Esmé te delen met dat alomtegenwoordige en ook nog lastige kind. Op zondag uitgaan… hij kwam notabene uit Friesland… ja best, maar dan ergens heen waar Cindy meekon. Ze zat anders maar in haar eentje tussen volwassenen en aan haar moeder had ze weinig want Nuncia zei of deed bijna niets meer.

Het eerste weekend mokte Hans en deed af en toe vervelend tegen Cindy, die natuurlijk wel merkte dat ze niet gewenst was en ronduit onuitstaanbaar werd. Hans vond Cindy een verwend monster, en dat was ze natuurlijk ook wel, maar dat mocht hij van Esmé niet zeggen. Na twee weken kreeg Esmé Hans aan de telefoon, die haar meedeelde, dat ze kon kiezen tussen hem en

Cindy, want hij had liever een meisje, dat niet altijd rondsjouwde met het kind van haar zuster. Esmé koos voor Cindy, ze was eerst erg gecharmeerd geweest van de knappe Hans en ze kon zijn standpunt wel begrijpen, maar ze vond Cindy belangrijker en ze had niet echt verdriet van de breuk. Wat haar wel dwars zat was het feit, dat Nuncia er zich blijkbaar weinig van aantrok, dat er een vriendschap werd verbroken omdat Esmé zich zo intensief om Cindy moest bekommeren. Langs Nuncia bleek alles heen te glijden, ze trok zich volkomen in zichzelf terug.

Op een mooie voorjaarsdag kwam Cindy heel enthousiast binnenhollen, een meisje van haar klasje ging schaatsenrijden en dat wilde Cindy ook graag.

„Schaatsenrijden? Het is toch geen winter," zei haar moeder.

Cindy werd driftig, omdat ze niet werd begrepen en de hele familie kwam eraan te pas voor ze begrepen, dat Cindy een klasje van aanstaande kunstschaatsrijdstertjes bedoelde.

„Ergens dáár…" Ze wuifde in de ruimte. „Is een héél grote school waar een mevrouw en een meneer les geven… hè toe, mama… mag ik ook?"

„Misschien wil tante Esmé er met je heen?" zei Nuncia, die heel de middag met een boek waarin ze niet las, op de bank had gelegen. Esmé, die, voor zover ze niet met Cindy optrok, haar studie wat ernstiger had opgenomen en tentamen had, werd voor het eerst kribbig.

„Ga jij zélf nou maar eens met haar mee," zei ze ongeduldig. „Ik heb het druk, jij hebt niets te doen."

„Ach ja, je hebt gelijk," gaf Nuncia toe. Ze was zoals altijd ongrijpbaar en soms verlangde Esmé, en zij niet alleen, naar een stevige woordenwisseling, die de hemel kon zuiveren van vele wolken… maar met Nuncia kreeg je eenvoudigweg geen ruzie.

Esmé had nooit kunnen denken, dat haar zusje nog eens zo op haar zenuwen zou gaan werken. Niemand kon Nuncia in beweging krijgen en iedereen was bang meteen te veel te zeggen omdat Nuncia zo kwetsbaar was.

In ieder geval had Esmé bereikt met haar uitval, dat Nuncia zelf haar dochter naar het mooie sportpaleisje bracht en kennismaakte met de jonge, enthousiaste eigenaars, het echtpaar Veres, destijds een beroemd paar bij de ijsrevue. Ze hadden drie kinderen, een zoon en twee dochters, waarvan er maar één belangstelling voor het ijs kon opbrengen omdat ze talent had. Ze hadden een leuk groepje van heel jonge kinderen, zoals Cindy, waar vooral Donata zich mee bemoeide.

„We geven ook ieder jaar een feest, een ijsrevue in het klein. Ze weten dan waarvoor ze werken, het stimuleert die kleintjes… wil je wel graag, Cindy?" vroeg Donata na een kort gesprek met Nuncia.

Cindy knikte ijverig, zodat haar blonde krullen dansten. Donata vond Cindy's moeder wel sympathiek maar, zoals ze later tegen haar man zei, erg negatief… of een stil water, dat niet te peilen viel. Cindy bleef het prettig vinden om op het ijs te staan, soms bracht en haalde Esmé haar, een enkele keer deed Nuncia het. Over Cindy's vader werd nooit gesproken, ook niet door Cindy en Donata wilde het kind niet uithoren, dat was tegen haar principes.

Ook de oma en opa van Cindy brachten haar wel eens en het duurde even voor Donata door had, dat de meisjes, hoe verschillend ook, zusjes waren en dat Cindy met haar moeder bij oma en opa thuishoorde.

De dochter van Donata en Reinou, van Cindy's leeftijd, had natuurlijk geen scrupules en vroeg op zekere avond, keihard aan haar ijsvriendin: „Heb jij geen papa? Ik heb 'm nog nooit gezien."

Donata, die met Nuncia stond te praten zweeg verschrikt, de kinderen stonden vlak bij hen en Gussy had een harde stem, zodat ze geen van beiden konden doen alsof ze niets hadden gehoord.

„Het hindert niet," zei Nuncia zacht. „Waarom zou ze het niet vragen? Cindy's vader is met een vliegtuig in de bossen van Australië verongelukt."

„Het is alsof ik de geschiedenis van mijn vader en moeder hoor." Donata legde met een vlug, vriendelijk gebaar haar hand op Nuncia's arm. „Wij vonden het, toen we kinderen waren, het boeiendste verhaal ter wereld, dat nooit verveelde. Mijn vader werd uiteindelijk toch nog gered."

Het was voor het eerst, dat Nuncia werkelijk belangstelling toonde. Ze vroeg gretig naar bijzonderheden en Donata, die zich dit kon indenken, omdat bijna hetzelfde lot Nuncia had getroffen, vertelde gewillig de bijzonderheden van die gebeurtenis.

Nuncia bleek er heel diep van onder de indruk, ze had daarna een nog grotere behoefte om zich af te sluiten van haar omgeving.

„Ze zegt nooit veel maar nu slaapwandelt ze onderhand," merkte Esmé ongeduldig op. „Ik heb af en toe het gevoel alsof ik door een dikke glasruit tegen haar sta te praten. Ik weet niet of ze me niet hoort of niet horen wil. Ze is zo veranderd en daar heb ik best begrip voor… als ze maar eens een beetje moeite deed om er bovenop te komen… ze heeft Cindy toch nog."

„Ik weet niet waar we op af gaan, het is net een boot in een stroomversnelling die op een waterval afsuist… en je kunt niets meer doen," zei mevrouw Francke tegen haar man. „Het gaat hier allemaal verkeerd. Nuncia is Nuncia niet meer, onbereikbaar… ik heb vaak het onaangename gevoel, dat ik met een computer spreek in plaats van met een mens. Cindy voelt zich daar ook niet goed bij, ze hangt als een klit aan Esmé en die klaagt daar ook niet over maar ze begint zich wel aan Nuncia te ergeren, hoeveel ze ook van haar houdt… en de laatste dagen heeft Nuncia iets… ik wéét het niet maar het bevalt me niet."

Ze sprak niet eens over haar eigen gemoedsgesteldheid. Het viel ook niet mee om de hele dag geconfronteerd te worden met een jonge vrouw, die maar doelloos urenlang naar buiten zat te staren. Cindy was nu op school maar Esmé of ma haalden haar af. Nuncia was niet tijdig in beweging te krijgen. Naar een dokter of psychiater wilde Nuncia evenmin, want ze was niet ziek en niet gek, ze was alleen maar moe, zei ze gepikeerd, en als ze in de weg zat, dan wilde ze wel ergens een kamer zoeken.

Aangezien Nuncia's bezorgde familie doodsbang was de controle over Nuncia en het kind te verliezen door eventuele conflicten, liep iedereen als het ware voortdurend op de teenspitsen. Ze voelden allemaal de bui hangen, want zo kon het niet doorgaan, maar wat er ten slotte gebeurde hadden ze niet verwacht.

Op een druilerige regendag verdween Nuncia, net zo onverwacht als ze was gekomen. Ze ging even naar de bank, zei ze, en dat deed ze op gezette tijden, dus was daar niets vreemds aan. Esmé zat boven te werken en haar moeder zou, als ze terugkwam van het boodschappen doen, Cindy ophalen. Tot zover was alles normaal, maar toen Cindy met oma thuiskwam en boven kwam vragen waar mama was, keek Esmé verschrikt op haar horloge... zo laat al! Nuncia was altijd binnen een half uur terug.

„Weet jij waar Nuncia is?" vroeg mevrouw Francke, zij en Esmé kwamen elkaar halverwege de trap tegen en keken elkaar verschrikt aan.

„Ja, naar de bank, maar dat kan toch geen twee uur duren... zeker niet bij Nuncia. Ik snap er niets van." Om halfzes was ze er nog niet en Francke, die nietsvermoedend thuiskwam, vond zijn vrouw en dochter in alle staten van angst en opwinding.

Hij maakte de zaak niet erger door te beweren, dat het toch normaal was als een jonge vrouw niet precies op tijd thuis was, want in Nuncia's geval klopte dat natuurlijk niet en iedereen wist dat.

„Hebben jullie al op haar kamer gekeken?" vroeg hij.

„Ja, natuurlijk, je ziet toch zo dat ze daar niet is," zei zijn vrouw ongeduldig.

„Heb je goed rondgekeken, of er soms een brief ligt?" ging Francke onverstoorbaar door en hij was al op weg naar boven voor zijn vrouw en dochter konden bekennen, dat ze daar niet bij stil hadden gestaan. De brief bleek er te zijn, ze lag onopvallend op het buro. Nuncia schreef: *Lieve mama, papa en Esmé, maak je niet ongerust over mij, ik weet wat ik doe maar ik kan het hier niet meer uithouden. Het enige waaraan ik kan denken is: 'Haio... en wat is er gebeurd?' Ik ga terug en weet niet hoe het verder loopt. Ik kon dit niet vertellen, want dan hadden jullie me niet laten gaan. Zorg voor Cindy, ze is nergens beter dan bij jullie. Ik kan niet anders. Vaarwel klinkt zo dramatisch, maar ik weet niet of er een 'tot weerziens' zal zijn. Ik hou van Cindy en van jullie, van mijn zusje maar toch kan ik niet anders. Dag! Nuncia.*

Esmé en haar ouders zaten daar de eerste minuten als verstijfd. „Waar is mama?" vroeg Cindy dringend, ze draaide Esmés gezicht naar zich toe. „Waar is mama?"

„Ze moest onverwachts op reis en jij blijft natuurlijk zolang bij ons," zei Esmé en een oneindig medelijden met het kind, dat op zo'n tragische manier en op zo jonge leeftijd eerst haar vader en nu haar moeder kwijt was overspoelde haar. „Mama had haast, ze kon niet wachten tot je uit school kwam."

Het was heel moeilijk praten met het kind erbij, dat verdrietig en argwanend was en dicht naast Esmé bleef zitten. Waar was Nuncia heen vroegen ze zich, veel later, toen Cindy eindelijk sliep, bezorgd af.

„Ik denk dat ze terug is gegaan naar Australië, maar waarom... wat zijn haar plannen?" vroeg mevrouw Francke terneergeslagen. „Het ellendige is, dat er niets aan valt te doen. Er is niemand die haar kan verhinderen te reizen, ze heeft geen misdaad begaan, zelfs haar kind niet onverzorgd achtergelaten en ons heeft ze een brief geschreven. Ik vraag me af, of ze dit vanaf het begin van plan is geweest... Esmé, jij kent haar beter dan iemand anders... wat denk jij ervan?"

Esmé haalde de schouders op. Zoals Nuncia was geweest vanaf het ogenblik, dat ze weer thuis was gekomen, had ze haar nauwelijks nog gekend. „Ze vertelde immers nooit iets. Het verdriet om Haio heeft haar zo veranderd. Wat ze wel of niet van plan was weet ik niet. Is het de bedoeling geweest Cindy hier te droppen of is het een spontane ingeving geweest... ze moest terug... maar waarvoor in vredesnaam... waarvoor? Ze kan wel willen blijven waar Haio is verongelukt, maar je laat je kind toch niet zo maar in de steek, hoe goed verzorgd het ook is... en is de drang om meteen te zorgen, dat wij allemaal Cindy's voogd zouden worden uit spontane angst geboren of was ze het allemaal van plan? Ik weet het evenmin als jullie. Ik denk dat ze weloverwogen heeft gehandeld en niet in paniek."

„Kun je een telegram sturen aan Beulah en Jacko?" stelde mevrouw Francke aarzelend voor.

„Die mensen zijn, volgens Nuncia, weggetrokken... waarheen... en hoe heten ze?" vroeg haar man. „Ja, ik kan de Flying Doctor Service bellen, maar ga het eens allemaal uitleggen in zo'n long distance gesprek, het is bijna ondoenlijk. Schrijven kan ik zeker maar dan duurt het lang voor we antwoord krijgen... als we dat krijgen. Wat me ook vreemd lijkt... je gaat toch niet naar Australië zonder bagage. Hoe ze dat versierd heeft, begrijp ik ook niet."

„Ze is toch wel eens meer alleen thuis geweest. Ze kan intussen gemakkelijk… bijvoorbeeld op het station… een koffer in depot gegeven hebben. Mensen die een doel hebben waarvan niemand mag weten, zijn vanzelfsprekend vindingrijk," zei Esmé kortaf. „Ik vind het zo ellendig, dat ze dit allemaal achter onze rug heeft bekokstoofd, terwijl ze hier al die tijd zat te kijken alsof ze geen tien meer kon tellen. Het valt me allemaal zo van haar tegen."

„Esmé, jij kunt je niet indenken hoe haar situatie is, met de beste wil van de wereld niet. Iedereen verwerkt verdriet op zijn eigen manier en wat Nuncia heeft meegemaakt is natuurlijk ver-schrikkelijk.

Toen Haio verongelukte had ze niemand in dat verre land om op terug te vallen, behalve die twee mensen die zelf van slag waren… wat wil je nou eigenlijk? Ze wilde later misschien wel praten maar ze kon het niet. Ik weet wel, er wordt tegenwoordig altijd meteen gezwaaid met de opmerking: 'Ach, hij… of zij… heeft zo'n moeilijke jeugd gehad', alsof dat het enige is, maar wij weten, dat Nuncia nooit anders heeft meegemaakt, vanaf haar prille jeugd dan… iedereen kwijtraken, stuk voor stuk… en waarschijnlijk waren haar jaren hier met ons toch haar meest rustige, goede jaren… misschien niet de gelukkigste, want die heeft ze met Haio beleefd… gelukkig wel! Je houdt trouwens niet alleen van iemand als hij of zij alles zo schitterend en vol-maakt doet… en jij houdt toch van Nuncia… omdat ze je zusje Nuncia is, nietwaar?"

Esmé had zwijgend geluisterd, maar toen ze later langs hem liep om naar Cindy te gaan kijken, legde ze haar arm om haar vaders schouder. „Ik geloof dat jullie op een bétere manier van Nuncia houden… je hebt gelijk, het is ook helemaal niet belangrijk wat ík ervan vind, maar hoe Nuncia zich voelt. Ik weet ook wel, als ik er rustig over na kan denken… maar dat lukt nog niet hele-maal… dat het bij Nuncia wellicht de angst is geweest om tegen-gehouden te worden… en de drang om weg te gaan schijnt alles te hebben overheerst… zo zal het wel zijn geweest want Nuncia is van nature niet achterbaks maar waarom toch… waarom die vlucht terug? Wat wil ze ermee winnen, wat kán ze toch ermee winnen… en ik ben zo ongerust… zo vreselijk báng!"

„Dat zijn wij ook, kind, maar we moeten er doorheen… zo gewoon mogelijk doen, terwille van Cindy."

Mevrouw Francke stond bij het raam naar buiten te kijken, heel de vertrouwde omgeving leek vreemd en vijandig in het licht van Nuncia's vlucht. „Dat is nu het belangrijkste. Ik heb nooit vergeten, ook al praten we daar nooit meer over, dat het begin van de verbondenheid tussen Nuncia en jou, Esmé, begonnen is op de dag dat Nuncia jou in het bos gered heeft… Mijn zusje… heeft ze toen geroepen en wat er ook gebeurt, ze blijft jouw zusje en het kind, waarvan wij vanaf het begin zoveel hebben gehouden. Daar kan niets aan veranderen, dat is gewoonweg zo."

Hoe Nuncia aan het vele geld was gekomen was geen raadsel. De helft van het geld, dat ze van haar grootmoeder had geërfd, had ze op de bank laten staan, het bekende appeltje voor de dorst en de altijd zo verstandige Nuncia had destijds gezegd: „Ik heb het nu niet verder nodig en ik kan er dus ook niet al te gemakkelijk aankomen, alleen als de nood aan de man komt… laat het maar rustig staan." Het was beslist geen groot kapitaal geweest maar zonder geld was ze gelukkig niet op reis gegaan, tot troost van haar ongeruste familie.

Het was Esmé, die Cindy de volgende dag naar schaatsles bracht en Cindy vertelde onmiddellijk aan Donata, dat haar mamma op reis was en een hele tijd weg zou blijven.

Het kind liep weg en Esmé knikte bevestigend tegen Donata.

„Ja, het is waar. We denken, dat ze naar Australië is. Het is nogal vreemd gegaan, maar Cindy weet niet, dat haar moeder zo ver weg is en dat we helemaal niet weten… nou ja, we weten niets… maar we praten er verder liever niet over."

Reinou, Donata's man, die het verschrikte gezicht van zijn vrouw zag, kwam dichterbij en hoorde ook, waar het over ging. Toen Donata en Reinou Veres uren later naar huis reden was Donata ongewoon stil.

„Je bent zo stil," zei Reinou bezorgd. „Is het om dat verhaal van Esmé? Ik vind het ook erg, vooral voor Cindy, maar gelukkig is ze bij haar familie die dol op haar is."

„Ja, maar ik heb op de een of andere manier het gevoel alsof ik er bij betrokken ben… of het iets is dat…" Haar stem stierf onzeker weg.

„Hoe kom je dáár nou bij, liefje!" Reinou zei het kort en heftig.

„Dat weet ik juist niet… telkens als ze Cindy bracht, praatte ik even met haar, ik had zo met haar te doen, maar zij wilde steeds praten over... vroeger. Ze kwam daar, heel handig, toch telkens weer terecht... op de tijd dat mijn vader, vóór mijn ouders getrouwd waren, met zijn sportvliegtuigje is verongelukt, vermist en... ja, ten slotte terugkwam, wat overigens niets nieuws voor je is. Ik weet helemaal niet, wat ze daar toch mee wilde... ik begreep het echt niet, behalve dan... nou ja, ik wéét het niet en de laatste weken heb ik haar ontlopen. Dat spijt me nou maar wie weet alles tevoren. Misschien heeft ze een of andere conclusie getrokken tussen die twee ongelukken die voor háár misschien op elkaar lijken... denk je dat het dat kan zijn?"

„Het lijkt me wat ver gezocht, kind." Reinou klopte zijn vrouw bedarend en liefkozend op haar hand. „Maar doe me een plezier en breng de familie Francke niet op dat idee, zwijg er in vredesnaam over."

Donata beloofde het maar de zaak bleef haar hinderen, het was meer een intuïtief aanvoelen, dat met verstandelijk redeneren niets te maken had.

Francke belde met de FDS in Alice Springs, maar werd er niet wijzer van. Nuncia had zich daar niet gemeld, waarom zou ze dat ook doen, werd er gezegd. Ze had haar woning in Alice Springs allang verlaten, daar woonde nu de opvolger van de verongelukte dokter Toussaint. De huishoudster en haar man, de monteur, hadden er niet willen blijven wonen en waren vertrokken, maar niemand wist, waar ze waren gebleven. Ze hadden het niemand gezegd en Australië is onmetelijk groot, daar was geen zoeken aan. Daarmee moesten ze het doen en er kon niets anders worden gedaan dan hopen en wachten, of Nuncia zelf iets van zich zou laten horen.

„Het lijkt erop of ze zonder spoor na te laten van de aardbodem is verdwenen," zei Esmé somber, drie weken na Nuncia's raadselachtige verdwijning. „Ik blijf er voortdurend mee bezig, het is echt om dol van te worden."

Ze slofte lusteloos naar de voordeur omdat er gebeld werd. Ze opende niet al te vlug de deur en tot haar verwondering stond daar de man die haar op Schiphol had geholpen met het inladen van Nuncia's bagage. Hij herkende haar ook meteen en zijn gezicht was een studie waard.

„Nee maar…" zei hij ten slotte. „Soms is de wereld toch heel klein, van alle mensen die ik niet ken loop ik de stoep op van het huis van een meisje…"

„Dat u ook niet kent," zei Esmé, ze vond het vreemd en toonde dat zonder meer. „Hoe hebt u mij gevonden en waarom komt u hier bellen?"

„Ik heb u niet gevonden omdat ik u niet heb gezocht." Zijn accent werd sterker onder de druk van de verrassing en de vreemde reactie van het meisje, dat hem vernietigend aan stond te kijken. „Ik wist niet, dat u hier thuishoorde, het is puur toeval. Mijn naam is Martijn Breugel en ik wilde inlichtingen over Annunciata… Maria Annunciata Cartez-Contreras. Ik ben er na veel zoeken eindelijk in geslaagd uit te vinden waar ze woont en bij wie."

Esmé had het liefst de deur voor zijn neus dichtgeslagen maar ze bedacht zich toen ze haar moeder in de gang hoorde.

„Dat is mijn zusje. Weet u waar ze is?" vroeg ze kortaf. „In ieder geval niet bij ons… helaas niet."

„Het spijt me, dat mijn dochter u op de deurmat liet staan." Mevrouw Francke stuurde haar dochter een vernietigende blik toe. „Komt u binnen. Ik hoorde, dat u naar onze pleegdochter vroeg."

Martijn Breugel begon zich wat meer op zijn gemak te voelen, de moeder was blijkbaar heel wat beleefder en vriendelijker dan de dochter, die hem het liefst meteen de deur weer had uitgegooid. Op Schiphol was ze destijds wel blij geweest met zijn hulp en hij begreep niet, waarom het meisje hem nu zo onheus behandelde, alsof vragen naar het pleegzusje een misdaad was.

Hij wendde zich uitsluitend tot mevrouw Francke: „Is het waar, dat Annunciata niet hier woont?"

„Nee, ze is bovendien vijfentwintig en dan wonen meisjes in de meeste gevallen ook niet meer thuis."

Mevrouw Francke's voorzichtige antwoord was weliswaar diplomatiek maar Esmé verknoeide de zaak meteen door bot op te merken: „U hebt uw kans gemist, meneer Breugel, want de jonge vrouw, die ik van Schiphol afhaalde, toen u me met de bagage hielp, was mijn zusje Nuncia… en ze kwam regelrecht uit Australië. Waar ze nu is weten we gewoonweg niet."

Martijn Breugels ogen gleden naar het blonde kind, dat hem met een smekende blik in haar grote ogen stond aan te kijken.

„Weet jij waar mijn mama is?" vroeg ze en dat deed ze telkens weer, het was een vraag die haar grootouders en tante pijn deed maar ze verboden het haar nooit. „Het duurt zolang voor ze terugkomt."

Het was niet de bedoeling geweest, dat het kind zou horen wat Esmé had gezegd: We weten niet waar Nuncia is maar Cindy stond onverwachts naast Esmé op de drempel en deze had haar niet gehoord.

Kleine potjes hebben grote oren, volgens een oud gezegde en Cindy had meer gehoord dan goed voor haar was. Esmé trachtte haar af te leiden door te zeggen, dat Cindy vlug haar badtas moest pakken.

„Ik breng je vlug weg, anders kom je te laat!" Ze knikte vluchtig tegen het bezoek en liep de kamer uit, ze wilde er zich er verder niet meer mee bemoeien. Moeder moest dan maar uitzoeken, waarom deze Breugel naar Nuncia kwam vragen.

Mevrouw Francke verdreef de pijnlijke stilte. „U moet het Esmé maar vergeven, ze schrok er erg van, dat Cindy dit hoorde. We hebben het kind namelijk niet verteld, dat we niet weten waar haar moeder is en of ze terugkomt. Denkt u nu niet meteen, dat Nuncia een ontaarde moeder is, die haar kind zonder meer in de steek heeft gelaten. Nuncia kon de dood van haar man niet verwerken... is blijkbaar teruggegaan naar Australië en heeft haar dochtertje aan ons toevertrouwd. Mag ik vragen waarom u Nuncia zoekt?"

„Nuncia's moeder leeft, zij woont in Amerika." Hij zei het zo rustig, alsof hij het over het mooie weer had. „Nuncia's grootmoeder is er destijds om het kind te redden met haar vandoor gegaan... zover heb ik het gehoord. Haar moeder werkte destijds in het buitenland bij de rondreizende folkloregroep en toen zij ging zoeken liep ieder spoor dood – waarheen vlucht een oude vrouw met een jong kind – in Chili vond Nuncia's moeder geen familie meer, ze is later in New York getrouwd met Gregory Bankers, een zakenman en rancheigenaar en ze had alles wat haar hart begeerde, maar het voornaamste, Nuncia bleef onvindbaar. Tot vorig jaar, via een relatie uit Nederland, het spoor hierheen leidde. Ik ben de zaakgelastigde van de familie en ik ben naar Nederland gekomen om verder te zoeken."

„U spreekt prima Nederlands," zei mevrouw Francke toch nog steeds wat achterdochtig.

„Ja, mijn moeder was een Nederlandse en ik ben in mijn studietijd een jaar bij een Nederlandse familie in huis geweest." Het klonk aannemelijk en Martijn Breugel maakte een sympathieke indruk, maar toch voelde mevrouw Francke zich niet gerust.

„Ik kan me niet voorstellen, dat…" Martijn zweeg haastig, hij roerde nadenkend in zijn koffie. „Ach, in ieder geval kom ik met positieve berichten bij mevrouw Bankers. Zij weet dan toch waar Nuncia al die jaren is geweest, zij kan van u horen wie en wat Nuncia is geworden en bovendien… Cindy is er… haar kleindochter, dat zal ze prachtig vinden."

Het instinctief gevoelde gevaar begon vaster vormen aan te nemen.

„Mevrouw Bankers zal weinig hebben aan een kleindochter die zover weg woont." Het klonk uitgesproken koel en afwerend.

„Zij zou hierheen moeten komen als zij Cindy zou willen zien… wanneer uw verhaal bewezen is althans. Ik zeg u meteen om teleurstellingen te voorkomen, dat wij Cindy natuurlijk nooit weg zullen laten gaan, ook niet voor een bezoek en daartoe hebben we het volste recht. De zorg voor Cindy is door haar moeder notarieel vastgelegd, dat heeft zij onmiddellijk na haar terugkomst gedaan voor het geval haar iets mocht overkomen."

Martijn Breugel bleef rustig luisteren tot mevrouw Francke uitgesproken was.

„Ik kan me best voorstellen, dat u zich ongerust maakt, maar dat is niet nodig. Niemand is van plan om Cindy te ontvoeren of uw rechten op haar verzorging aan te tasten. U begrijpt het verkeerd. Ik wilde alleen maar zeggen, dat mevrouw Bankers blij zal zijn met het feit, dat haar dochter nog leeft en haar kleindochter bestaat. Daaraan heb ik toch niets miszegd?"

Mevrouw Francke keek hem verbluft aan, toen schoot ze in de lach, haar gevoel voor humor won het. „Het is dus een geval van schreeuwen voor je geslagen wordt!"

Martijn keek haar vragend aan, spreekwoorden of vaststaande uitdrukkingen zijn vaak voor mensen uit een ander land moeilijk thuis te brengen maar na even te hebben nagedacht zei hij ernstig dat hij het begreep.

„Gelukkig! Eh… blijft u nog lang in Nederland?"

Ze vroeg het heel vriendelijk maar Martijn begon te lachen omdat de wens om hem zo vlug en zo ver mogelijk weg te krijgen zo duidelijk herkenbaar was zonder dat mevrouw Francke dit wilde, het gebeurde gewoonweg.

„Ik ben bang, dat ik voorlopig niet weg te krijgen ben," zei hij en zijn ogen hadden een spottende uitdrukking. „Ik vertelde u al, dat ik zaken opknap voor Mr. Bankers en ik houd me bezig met de oprichting van een firma waar Amerikaans kapitaal aan te pas komt. Als die zaak in orde is ga ik terug maar dat duurt wel even."

„Heel belangrijk dus," concludeerde mevrouw Francke licht ironisch.

„Ja," gaf Martijn droog toe. „Iemand moest het toch doen en zo kon ik drie zaken combineren, naar Nuncia zoeken en oude vrienden bezoeken."

Mevrouw Francke vond het prettig, dat Martijn ook een gesprek met haar man wilde, dus nodigde ze Martijn uit om te blijven eten. Hij accepteerde dat en toen Esmé met haar nichtje thuiskwam, vond ze haar ouders en de gast in geanimeerd gesprek. Cindy koesterde een ongewone voorliefde voor de gast, maar Esmé was stil en niet tot een gesprek te bewegen. Het bleef bij korte antwoorden wanneer Martijn haar iets vroeg. Ze had hem destijds op Schiphol sympathiek gevonden, nu mocht ze hem niet. Ze ging direct na het eten naar haar kamer en wilde Cindy meenemen, omdat ze haar iedere avond een halfuurtje voorlas uit een verhalenboek, maar Cindy weigerde.

„Nu, dan niet." Esmé ging de kamer uit, Martijn vond het aardig van haar, dat ze niet tegen het kind snauwde dat het gehoorzaam moest zijn. Voor de rest vond hij Esmé een vervelende, onvriendelijke en ongezellige jongedochter, die hem graag het huis uit zou kijken. Haar reactie tegenover Cindy viel hem werkelijk mee. Esmé belde via de huistelefoon, dat ze geen koffie wenste te komen drinken. Ze zou wel een kopje in de keuken halen en toen werd haar moeder kwaad. Ze zei niets, stond op en stevende naar boven toe.

„Luister eens, Esmé, ik wil wel, dat je je beleefd gedraagt en niet als een kwajemeid. Je doet gewoonweg beledigend en die man heeft je niets misdaan. Stel je in vredesnaam niet zo aan." Waarna ze zich omdraaide en weer naar beneden ging, Esmé verbluft achterlatend.

Natuurlijk ging Esmé niet meteen als een braaf lam naar beneden maar twintig minuten later was ze zover, dat ze met loden schoenen naar beneden kwam en keurig voor het tweede rondje koffie zorgde. Ze was overigens, volgens Martijn, zo vriendelijk tegen hem als een cobra. Cindy stond bij zijn stoel en vertelde, dat ze zo graag naar de dierentuin wilde. Ze was er al eens geweest, maar er was een klein olifantje... zó lief... en dat wilde ze zo graag zien.

„Nou, vraag maar aan oma en opa of ze het goed vinden, dat wij samen naar het olifantje gaan kijken," zei Martijn spontaan.

Hij zag Esmé van kleur verschieten en haastig riep ze: „Nee hoor, dat is echt niet nodig. Ik ga wel met Cindy, dat weet ze best. Doe niet zo vervelend, kind."

„Ach, waarom vervelend? Misschien vindt ze me aardig... ik vind haar ook lief... dat kan toch?" Martijn glimlachte vriendelijk. „Jij mag ook wel mee, als je mij niet vertrouwt. Je hebt eigenlijk ook wel gelijk, je geeft geen kind mee aan iemand die je nauwelijks kent. Ga dan mee, Esmé... waarom niet?"

„Hè ja... hè ja... toe nou, Esmé... oma, zeg eens tegen Esmé dat ze 'ja' moet zeggen?" Cindy stond enthousiast te dansen en omdat het kind gewoonlijk niet uitbundig reageerde en altijd een beetje trieste indruk maakte, roerde het Esmé en daarom zei ze, zonder blijdschap: „Goed... ik ga wel mee."

„Wil je dan iets minder slachtofferig doen?" Het klonk onverwachts terechtwijzend, want tot dan toe had Martijn zijn goede humeur bewaard. „Zo zal het geen genoegen voor het kind zijn. Het gaat toch om haar, nietwaar?"

De zondag naar de dierentuin werd een heel gekke dag. Om zeven uur in de prille ochtend had Cindy al tien keer gekeken of het mooi zou worden, want bij regen geen dierentuin. De zon brak door en Cindy verwisselde drie keer van truitje, het een was te donker, het andere te dik en bij het derde truitje sprak oma het machtswoord en mocht er niets meer veranderd worden. Cindy wilde achtereenvolgens koude melk, warme melk en toch maar géén melk, vervolgens stootte ze de pot hagelslag om. Daarna weigerde ze een paar redelijk nette gympies aan te trekken, maar wilde het paar, waar haar teen doorstak, ten slotte smeet ze het jack, dat ze niet mee wilde, van de trap af. Kortom, ze was volkomen uit haar bol.

„Blijf je zo?" vroeg Esmé vermoeid. „Schei nou maar eens uit met al die rare kuren want anders gaan we helemaal niet. Ben jij mal?"

Waarop Cindy zei, dat ze Esmé niet lief vond maar eieren voor haar geld koos, zodat de toestand rustig was, toen Martijn arriveerde in een klein rood autootje, dat hij had gehuurd voor de duur van zijn verblijf in Nederland en dat de indruk maakte een deuk in de lendenen te hebben.

„Wat een lelijke wagen," zei Cindy ronduit. „De auto van opa is veel mooier. Rijdt-ie echt?"

Ze bedoelde het niet sarcastisch maar Esmé en Martijn schoten tegelijk in de lach, waarna Esmé, die dit een vergissing van zichzelf vond, haar gezicht meteen weer in een afwijzende plooi trok en haar hoofd afdraaide.

„Cindy achterin, jij voorin," besliste Martijn, hij duwde hen letterlijk op hun plaats. „Wat hadden we afgesproken, Esmé? Een opgewekt gezicht… voor één dag."

„Dat heb jij afgesproken, ik niet," weersprak ze kinderachtig en zag dat meteen zelf in, waarna ze er haastig aan toevoegde, dat ze zich wel op de dag verheugde en ook in een prima stemming verkeerde. Martijn mompelde iets, maar dat verstond ze gelukkig niet.

Esmé verwachtte weinig van de zondag, de dag met Hans en Cindy lag haar nog vers in het geheugen. Hans had zich zo geërgerd aan het kind waar ze mee moesten optrekken, dat hij, als volwassene, zelfs kans had gezien om ruzie te gaan maken met een klein kind. Nu vond Esmé Martijn wel een veel volwassener indruk maken dan de jongensachtige Hans maar veel verwachtte ze toch niet van het uitstapje. Het liep echter anders. Het valt moeilijk om zwijgend en met een slecht humeur rond te blijven lopen als het gezelschap, in dit geval Cindy en Martijn, zich samen zo spontaan amuseren. Martijn sjouwde met Cindy rond, tilde haar op als ze ergens niet bij kon, maakte grapjes en holde achter haar aan, toen ze uitgelaten riep: „Pak me dan… je kan me lekker toch niet vangen!" Nu, dat kon hij wel en hij gooide de schaterende Cindy als een baaltje over zijn schouder. Het kind had in geen weken zoveel plezier gehad, ze knapte helemaal op. Esmé slungelde er maar zo'n beetje achteraan en wist met haar houding geen raad. Martijn vroeg niet waarom ze zo deed, hij beschouwde haar blijkbaar als een vervelend en onontkoombaar kindermeisje.

De doorbraak voor Esmé kwam, toen ze Cindy niet meer wegkregen bij de apen. Er was een grote aap, die, wegens moeilijkheden met zijn ingewanden, absoluut niet gevoerd mocht worden door het publiek. Het stond op een groot bord te lezen maar het arme dier wist natuurlijk niet, waarom hij opeens geen nootjes en kaakjes meer kreeg en stak al 'huhuhu' kreunend zijn hand telkens weer uit.

De aap werd luid beklaagd maar niemand durfde te zondigen, want er liep een oppasser rond. Vooraan stond een dame met een grote zak nootjes en telkens als de aap 'huhuhu' zei, antwoordde de dame meewarig, terwijl ze het dier eerst de nootjes liet zien: „Zó zielig voor je… zó zielig… maar jij mag het heus niet hebben, hoor… ik zal het zélf maar opeten." Iets, wat door de aap met stijgende woede werd bekeken, het leek dan ook je reinste plagerij, al bedoelde het goede mens het waarschijnlijk heel onschuldig. Toen zich het tafereel voor de vijfde maal herhaalde, kreeg het geplaagde dier er zo genoeg van, dat hij waarschijnlijk dacht: Ik zal je léren, pestkop! Deze keer stak hij zijn hand niet uit maar nam vliegensvlug een lading zand en steentjes en smeet het de onverstandige vrouw recht in het gezicht… de omstanders brulden van het lachen, de aap trok zich terug, keerde zijn rug naar de mensen en de nootjes lagen op de grond.

„Die rotaap!" schreeuwde de bekogelde dame en ze wreef omstandig met een enorme zakdoek haar bevuilde gezicht af.

„Het is uw eigen schuld, mevrouw," zei Esmé en toen keerde de woede zich natuurlijk tegen Esmé.

„Kom mee… alsjeblieft geen rel!" Martijn trok Esmé en Cindy haastig achter zich aan, ze schoten een laan in en gingen daar met z'n drieën even heerlijk zitten uitlachen. Daarna kon Esmé

niet meer terugvallen in haar kille, hooghartige zwijgzaamheid.
„We gaan ijs eten," stelde Martijn voor, nadat ze uitgelachen
waren. „Maar we lopen wél met een boog om de apen heen,
anders krijgen we Cindy helemaal niet meer mee." Het viel Esmé
in de loop van de dag heel sterk op, dat Martijn zich geen ogenblik opschroefde om leuk te doen tegen Cindy als hij het niet
meende en hij scheepte haar ook geen ogenblik af, blijkbaar
beschikte hij over een eindeloos geduld. Cindy aanbad hem, dat
was duidelijk. Het werd een echte feestdag voor Cindy en Esmé
amuseerde zich ook, Martijn betrok haar heel vanzelfsprekend
overal bij.
Het tweede gekke incident deed zich voor bij het ondeugende
olifantje. „Zou ik haar een kaakje mogen geven?" vroeg Cindy
keurig aan de oppasser, want stoute, verwende Bernardientje
stond op punt om naar 'kostschool' in casu een Duitse dierentuin te worden gestuurd, om manieren te leren. Iedereen was
gek op Bernardine en net als met verwende kinderen speelde
het olifantje dit uit.
De oppasser die helaas wel andere dingen gewend was in verband met het voederen van dieren, zei vriendelijk, dat ze gerust
een paar kaakjes uit die mooie grote zak mocht geven. De kaakjes waren 'verantwoord'.
Cindy, niet bang voor dieren, bood Bernardine twee kaakjes aan
en toen vond Bernardientje dat dit wel erg weinig was, het
smaakte naar méér en… hoepla… met een snelle beweging van
haar slurfje had ze de hele zak te pakken.
Cindy vond dit niet leuk, ze schrok ervan en wilde gaan huilen
maar Martijn zei troostend: „Wat hindert het, Cindy. We gaan
nieuwe kaakjes kopen… of wil je nou naar de speeltuin?"
Esmé hoopte grondig, dat haar nicht zich in de speeltuin een
halfuurtje alleen kon amuseren, want ze liep liever vier uur dan
al dat geslenter achter Cindy en de onvermoeibare Martijn aan.
Ja, Cindy wilde wel naar de speeltuin en Esmé zei een tikje hatelijk: „Als jullie samen gaan spelen… prima… maar ik ga op een
bank zitten en verzet voorlopig geen voet meer." De speeltuin
viel mee, want nadat Cindy eerst iedere vijf minuten was komen
vertellen, dat ze geschommeld en gegleden had, en er langzamerhand uit begon te zien als een moderne uitgave van Pietje

Smeerpoets, had ze een paar kinderen ontdekt, waar ze mee ging spelen.

„Eindelijk even rust... Martijn, hou je echt zoveel van kinderen of offer je je op?" Esmé keek nieuwsgierig naar hem, zijn haar krulde door de 'woeste' dag alle kanten uit en zijn grijze ogen lachten, toen ze de hare ontmoetten.

„Ik houd van dierentuinen... en van dieren... ik hou overigens alleen van tuinen waar de dieren min of meer vrij zijn en niet in hokken zitten maar dat komt gelukkig niet zoveel meer voor. Verder vind ik kinderen leuk en kan toevallig goed met ze omgaan maar al zou ik Cindy niet zo'n aardig en grappig kind hebben gevonden, dan zou ik er nog het beste van hebben gemaakt, omdat haar onbekende grootmoeder in Amerika zo'n goed en lief mens is."

Esmés gezicht verstrakte en ze gaf geen antwoord.

Het ergerde Martijn want hij zei na een stilte, die pijnlijk dreigde te worden: „Ik begrijp het wel... dat is de moeilijkheid bij jou en ook bij je moeder. Cindy hoort bij jullie en bij jullie alléén... zo zien jullie het. Nuncia hoort bij jullie en niet bij een ander. Andere... eigen familie... niemand heeft er nog op gerekend en jullie hebt met de verdwijning van Nuncia wel iets anders aan je hoofd. Je bent bang, jij vooral... dat iemand Cindy zal wegnemen maar dat kan helemaal niet. Het is Nuncia's wil, dat het kind bij jullie blijft en bij jullie wordt opgevoed. We zouden haar moeten ontvoeren, en geloof me, dat ligt zeker niet in de bedoeling en zo'n vrouw is mevrouw Bankers niet. Je kunt het haar toch niet kwalijk nemen, dat ze naar haar dochter is blijven zoeken... of wel soms?"

„Cindy zou, als ze reizen wil... veel later... een goed adres hebben in Amerika, bij haar grootmoeder... en een vakantie, bijvoorbeeld over een paar jaar, zou toch wel te realiseren zijn?"

„Zie je wel, zo begint het... Cindy voorzichtig losweken van ons." Esmés ogen keken hem met onverholen vijandschap aan. „Geloof maar niet, dat we Cindy ooit uit handen geven. Ik heb me voorgenomen, dat ik, als Nuncia onverhoopt niet mocht terugkeren, voor Cindy zal zorgen. Mijn ouders, die er natuurlijk ook niet jonger op worden, kunnen dat kind niet zo gemakkelijk begeleiden als ik en ik ben van plan overal met haar naar toe te gaan. Het heeft me al een keer een vriend gekost, die hier niet ieder vrij ogenblik met Cindy opgeknapt wilde worden maar dat heb ik er voor over, voor Nuncia heb ik alles over. De band tussen ons is op een heel bijzondere manier gegroeid. Zonder Nuncia was ik nu een ongelukkig gefrustreerd mens geweest of ik had niet meer geleefd. We hingen aan elkaar als klitten en daarom doet het zo'n pijn, dat ze gevlucht is, zonder met mij te praten... ik zou haar toch geholpen hebben, hoe dan ook! Ik wil maar zeggen... blijf met je mevrouw Bankers uit Cindys leven. Ik vécht voor Cindy, geloof dat maar."

„Ik weet het," gaf Martijn rustig toe.

„Vraagt Cindy naar haar ouders? Esmé, kijk niet zo, ik heb geen bijbedoeling met bij die vraag, het is belangstelling."

„Overdag niet, maar als ik haar naar bed breng praat ze over papa's vliegtuig en hoe ze hem altijd tegemoet mocht lopen als hij was uitgestapt. Ze vraagt ook, wanneer mama nou eindelijk terug komt. Er gaat heel wat in haar kleine koppie om, geloof dat maar. Ze was niet zo klein, dat ze heel snel kon vergeten, ze was vijf... bijna zes... en ik ben zo blij, dat ze zich vandaag echt gelukkig voelt... dat is in ieder geval aan jou te danken."

„Op Schiphol keek je me aan alsof je me wel mocht," zei Martijn grillig. „Nu kijk je meestal alsof je me haat."

„Ik had iedereen die me helpen wou sympathiek gevonden," snibde Esmé en corrigeerde die woorden meteen: „Nee, dat is niet waar. Ik vond je toen sympathiek... dat zou ik je nu ook vinden, als je niet was komen informeren naar Nuncia en Cindy. Dat irriteert me nu eenmaal verschrikkelijk... ik kan er niets aan doen. Mijn verstand zegt, dat ik me slecht gedraag, dat ik geen reden heb om je zo te behandelen als ik het doe, maar mijn gevoel..." Ze zuchtte diep en keek hem aan met tranen in haar ogen. „Ik wou, dat je wegging."

„Ja? Wil je dat echt?" Martijn voelde zich alsof hij heel de dag twee stappen vooruit en drie achteruit had gemaakt. Langzamerhand was het veel beter gegaan tussen Esmé en hem, ze hadden samen gelachen en gepraat en gespeeld met Cindy, ze hadden allebei op redelijke manier hun standpunt verdedigd en wat was het einde van het verhaal? Esmé verzocht hem zo snel mogelijk te verdwijnen.

„Zo gemakkelijk raak je me niet kwijt, Esmé," zei hij en legde zijn hand op haar arm om haar tegen te houden. Ze wilde opstaan en schudde zijn hand met een beledigend gebaar af. Martijn, die over veel geduld en begrip beschikte, begon er nu toch langzamerhand genoeg van te krijgen. Hij rukte haar letterlijk met harde hand terug op haar plaats.

„Je doet me pijn," siste Esmé vinnig. „Laat me los."

„Je gedraagt je als een wild paard... luister naar me, niet goedschiks dan maar kwaadschiks. Ik wil je alleen nog even zeggen, dat je de zaken wel erg simpel bekijkt, maar ja... je bent ook nog zo jong... je realiseert je helemaal niet dat je gemakkelijk op Cindy kunt passen met de comfortabele achtergrond van je warme ouderlijk thuis, je kunt altijd op je ouders terugvallen... zij zijn Cindy's voogden, daarna kom jij pas aan bod. Je hebt fantastische ouders, die, onvoorziene omstandigheden voorbehouden, nog in staat zijn voor dat kind te zorgen tot ze volwassen is. Ze zijn namelijk helemaal nog niet oud, alleen in jouw achttienjarige ogen... maar goed... jij wordt de goede fee op de achtergrond, die met Cindy uitgaat, haar sport begeleidt, allemaal prima en er is niets op tegen. Ga je nou niet inbeelden dat jij je moet gaan opofferen... je vriendschappen... je vrije weekend. Je hóeft niet met een vriendje uit te gaan met Cindy in je kielzog. Bekijk het eens wat nuchterder. Dat kind zal best een gezellig en normaal leven krijgen in jullie huis en als gezinsleden help je daar allemaal aan mee, maar je hoeft je beslist niet op te werpen als Cindy's speciale engelbewaarder, zodat het kind afhankelijk wordt van jou, zodat jij gaat uitmaken wat wel of niet goed voor haar is... waar ze mag gaan... omdat je ouders dat niet zo goed weten als jij! Kom nou... hoe hebben ze jou en Nuncia dan opgevoed en ze zijn waarachtig nog niet stokoud... en al waren ze dat wél... Esmé, je bedoelt het goed, maar Cindy is van Nuncia en we hopen, dat ze terugkomt... na kortere of langere tijd en zij zal dan wel beslissen of Cindy ook haar andere oma mag ontmoeten... of zijzelf haar moeder wil ontmoeten... Het is jaloezie van je Esmé... maar je kunt niemand... geen méns hoe lief je 'm ook hebt, voor jezelf alleen houden... geloof me."

„Laat me onmiddellijk los!" Esmé zag lijkbleek. Martijn had haar diep gewond en later, toen hij ging nadenken drong het pas goed

tot hem door, dat hij vreselijke dingen had gezegd… de waarheid… dat wel, maar het was niet nodig geweest om er haar op
zo'n ruwe, ongenuanceerde manier mee te confronteren. Ze was
er nog niet rijp voor geweest en nu viel er niets meer aan te veranderen.

„Ik meende het wel, maar het spijt me dat ik het zo heb gezegd…
ik werd zo kwaad, toen je me na veel gepraat alleen maar vroeg
om op te hoepelen… en er niets… totaal niets van had begrepen." Hij had diep spijt en zijn stem klonk zacht en schor, heel
anders dan de harde opstandige stem die haar met vreselijke
woorden had gegeseld. Esmé rukte zich zwijgend los, ze keek
zelfs niet meer in zijn richting maar liep naar Cindy toe, die zich
heerlijk voelde op de schommel en kwaad begon te stampvoeten, omdat ze er opeens af moest.

„We gaan naar huis," zei Esmé kortaf. „Schei uit met stampvoeten of je krijgt voor het eerst in je leven een fikse draai om je
oren, begrepen?"

Cindy dook onder haar handen door en rende naar Martijn. Ze
wierp zich in zijn armen en schreeuwde dramatisch: „Zij wil me
sláán… omdat ik niet naar huis wil… help me, oom Martijn!"

„Nee, ze wil je een klap geven omdat je staat te stampvoeten."
Martijn trok de zaak meteen even recht. „Bovendien heeft Esmé
je niet geslagen. Ga nou maar mee, want ik moet bij vrienden
gaan eten en ik wil jullie eerst thuisbrengen."

„We kunnen met de bus gaan," snauwde Esmé.

„Ja, daar kun je dan een uur op wachten. Je bent taktvol als
gewoonlijk want het was niet nodig geweest Cindys dag op deze
manier te verknoeien. Ga je mee, Cindy?" Hij nam haar bij de
hand, het aan Esmé overlatend of ze mee wilde gaan of blijven
staan.

Martijn was vastbesloten Cindy zelf thuis te brengen, dus zette
Esmé zich toch maar in beweging en liep zeker vijf passen achter hen. Op de terugweg zat Esmé achterin bij Cindy, die met
afgewend gezicht en gesloten ogen in de hoek was gekropen. De
tocht werd in ijzig zwijgen afgelegd en mevrouw Francke, die in
de tuin bezig was, schrok toen ze haar dochter als een onweers-
wolk zag uitstappen en zonder groeten het huis binnenstuiven.
Cindy had gehuild en Martijn keek ook niet vrolijk.

„Da… ag," zei Cindy. „Ik vond het vanmorgen heel leuk, hoor."
Ze keken haar na, een heel klein, tenger kindje, dat een paar gezellige uurtjes had meegemaakt… dat was alles.

„Ik hoef niet te vragen of er ruzie is geweest." Mevrouw Francke keek naar Martijns bleke, trieste gezicht. „Het klikt niet tussen jou en Esmé… en Cindy zit er tussen. Was het nodig geweest de ruzie uit te vechten over het hoofd van het kind? Waarom bederven jullie alles voor haar, ze heeft het al moeilijk genoeg."

„Het ging over Cindy en we hebben beiden schuld… maar ik had toch beter m'n mond kunnen houden. Dag mevrouw Francke!" Hij keerde zich om en liep weg… Esmé was zo diep beledigd, dat ze er geen woord over kwijt wilde en Cindy wist alleen maar, dat ze opeens naar huis moesten terwijl ze zo fijn aan het schommelen was en dat ze bijna een klap van Esmé had gekregen maar dat was niet doorgegaan.

Martijn kwam niet meer en Esmé ging een weekend bij haar oude schoolvriendin logeren. Cindy begreep er niets meer van. Waarom kwam Martijn niet meer? Waarom zei Esmé, dat ze maar lief alléén moest leren spelen en waarom bracht opa haar naar schaats- en zwemles? Ze had nog niet zoveel vriendinnetjes en die woonden trouwens allemaal zover weg. Het werd tijd, dat mama terugkwam en ze had gehoord, toen ze dachten dat ze niet in de kamer was, dat mama misschien wel naar huis was gegaan met het vliegtuig.

HOOFDSTUK 7

Esmés vader had voor Cindy de schommel uit Esmés kinderjaren laten nakijken en opgehangen achter in de tuin. Esmé had er, zachtjes schommelend, urenlang zitten lezen en ook Cindy vond uit, dat het fijn was, om zachtjes te schommelen en na te denken, alsof de schommel haar beste vriendje was. Sinds de gedenkwaardige zondag waren er weer drie weken voorbijgegaan. Martijn had zich niet meer laten zien, Esmé had de enorme uitbrander nog steeds niet verwerkt en ze bleef er mee bezig. Ze had achteraf zoveel bedacht, dat ze nog zou willen zeggen maar ze kreeg er de kans niet toe omdat Martijn niets meer van zich liet horen. Ook Nuncia liet niets van zich horen en zo stonden de zaken op een stormachtige avond, de eerste najaarsstorm. Een surveillancewagen van de politie reed met een matig gangetje over de brede rijweg. Het was een nacht waarop je ook je hond niet naar buiten stuurde voor een stevige wandeling.

Met een schok ging de politieman, naast de chauffeur, rechtop zitten. Hij geloofde zijn ogen niet. Er liep een klein kind op de weg.

„Zeg, droom ik nou of zie jij wat ik meen te zien... een kind op de weg... in de nacht... in de storm... hoe is dat nou mogelijk... het is een kléin kind!" De chauffeur zette de wagen stil. „Voorzichtig... laat haar niet schrikken!"

„Hallo, meisje, waar ga jij naar toe. Moest jij eigenlijk niet in je bedje liggen?" Cindy schrok wel maar niet zo erg.

Ze wist heel goed, dat ze nooit met iemand mocht meegaan die ze niet kende en ze zei dan ook parmantig, dat ze dit nu ook niet zou doen.

„Ja, meisje, maar wij zijn van de politie... en kleine meisjes mogen niet in de nacht alleen ronddwalen. Hoe heet je en waar woon je en waar ging je heen? Kom maar vlug mee in de auto."

„Naar de vliegtuigen!" Ze hief een kinderkoffertje. „Kijk maar, ik ga op reis... naar mijn mama in Australië, daar woon ik, ik ben hier maar even, bij m'n oma en opa en tante Esmé... maar het duurde zo lang!"

„Hoe heet je en waar wonen oma en opa?" vroeg de agent. „Je kunt niet zo maar in je eentje op reis gaan... zeg het nou, want anders moeten wíj je meenemen. Dat vind je toch niet prettig, hè? Vertel het eens, meisje."

„Ik heet Cindy Toussaint en… dáár wonen oma en opa en tante Esmé." Cindy wees naar de donkere bosweg, die ze net had verlaten, toen ze gesnapt werd.

Je moet er niet aan denken wat er had kunnen gebeuren… zo'n klein wurm… in het holst van de nacht.

Esmé en haar ouders schrokken natuurlijk, toen ze uit hun bed werden gebeld, maar dat was nog niets vergeleken bij de enorme schok die ze kregen, toen ze zagen dat een van de agenten Cindy op zijn arm had. Ook zij geloofden hun ogen nauwelijks.

„Hoe is dat mogelijk… wat ontzettend!" stotterde mevrouw Francke en ze begon te huilen. Esmé sloeg haar arm om haar moeder heen, ze zag heel wit en beefde.

„Ze was op weg naar het vliegveld om naar Australië te reizen, ze heeft haar koffertje bij zich… zoals u ziet," merkte de politieman kalm op. „We geloofden onze ogen niet. Ze maakte ondanks storm en duisternis geen bange indruk… hier is de avonturierster veilig terug, maar ik zou 's nachts niet alleen de voordeur maar ook de achterdeur van een slot voorzien, dat die garnaal niet open kan krijgen." Door de opwinding die Cindy's vlucht had veroorzaakt, kwam er van slapen niet veel meer. Cindy werd geknuffeld en verwend, kreeg warme chocolademelk en werd toch ook weer vermanend toegesproken. Tegen vijf uur lag de familie doodmoe in bed, maar de enige die onmiddellijk in slaap viel was Cindy. Esmé kon niet slapen en zag het licht worden, ze was razend en had het besluit genomen om de volgende morgen een zeker iemand op ongenadige manier de mantel te gaan uitvegen. Esmé wist niet of Martijn nog in Nederland was maar ze belde om negen uur brutaalweg het hotel op waar Martijn gezegd had te logeren. Het herinnerde haar opeens aan het gesprek van zoveel jaren geleden onder het spiedend oog van de conciërge, met Haio aan de andere kant. Het deed pijn omdat nu, na nauwelijks zeven jaar alles voorbij was voor Nuncia en Haio, die ze zich zo goed als stralend bruidspaar herinnerde… niet aan denken nu!

„Met Bankers," zei een stem, die ze zich maar al te goed herinnerde.

„Oh…" Ze zweeg een ogenblik verward. „Bankers? Ik dacht, dat jij Breugel heette… of noem je altijd de naam van je werkgever? Enfin, het doet er niet toe. Ik wil je graag spreken. Kan ik je straks ergens ontmoeten?"

„Ik neem aan, dat ik met Esmé spreek. Kun je om halfelf in het Okura zijn?"

„Je ziet me verschijnen," zei ze kortaf en verbrak het gesprek, waarna ze minachtend de schouders ophaalde. Meneer deed niet minder… het Okura… dat had ze vanaf het begin al overdreven gevonden maar het was tenslotte zijn zaak. De Amerikaanse firma betaalde blijkbaar gul. Martijn kon nu eenmaal geen goed bij Esmé doen, dus viel ze ook over zijn luxe logeeradres, al ging het haar totaal niet aan. Ze stevende dan ook prompt om halfelf naar binnen met een flair alsof ze de directrice van het Okura was, voor háár mocht een afspraak in een cafetaria, ze prikte dwars door al die deftigdoenerij heen… o zo! Martijn had blijkbaar al naar haar uitgekeken en onderschepte haar gang naar de receptie.

„Hallo… daar ben je dan. Ik had niet gedacht nog ooit iets van je te horen en zo te zien ben je ook niet gekomen omdat je zo hevig naar me verlangde. Er is nog niets veranderd, hè?" Hij zuchtte ongeduldig omdat ze geen antwoord gaf. „Is er wat met Cindy?" Martijn had Esmé naar een rustig hoekje gebracht. „Misschien zou je deze keer antwoord willen geven op een simpele vraag. Wil je koffie?"

„Ja, graag." Ze was zelfs niet in staat een paar gewone beleefdheidsopmerkingen te maken, het was Martijn wel duidelijk, dat Esmé ergens verschrikkelijk kwaad over was en dat hij dit heus wel te horen zou krijgen. Hij boog zich over de tafel en zei op gedempte toon: „Als je gekomen bent om op de een of andere manier ruzie te zoeken, zeg dat dan minstens, dan gaan we hier weg. Ik woon hier een paar maanden en kan me niet veroorloven dat er hier iemand gaat zitten schreeuwen… begrijp je?"

„Ik ben toevallig goed opgevoed," beet Esmé terug op zachte toon. „Wees maar niet bang. Ik wil het je overigens meteen zeggen waarvoor ik hier ben. Het gaat over Cindy, dat begreep je al. Nu, die is vannacht om drie uur door waakzame politie opgepikt van de grote weg, daar liep ze met haar koffertje… op weg naar het vliegveld… naar mama… en dat is jouw schuld!"

Martijn keek haar aan alsof hij aan haar gezonde verstand twijfelde.

„Wat je vertelt is vreselijk… dat arme kind… maar hoe kom je er in vredesnaam bij om mij de schuld te geven? Ik heb het kind in geen weken gezien en ze was niet op weg naar míj… Esmé, dit is toch echt te dol! Ik weet, dat je een hekel aan me hebt en daarom ben ik maar uit je buurt gebleven, maar wat je nu verzint slaat echt nergens op. Ik heb niet geprobeerd om op welke manier dan ook Cindy te beïnvloeden. Jij bent meteen van het standpunt uitgegaan, dat het de bedoeling van mevrouw Bankers… en van mij is… om een claim op Cindy te leggen maar dat is niet zo en dat heb ik je gezegd, maar je wilt niet luisteren met die eigenwijze harde kop van je… zo is dat en niet anders."

Esmé had zwijgend geluisterd, met neergeslagen ogen, maar nu keek ze op en Martijn zag behalve afkeer voor zijn persoon ook verdriet, ze zag er trouwens bleek en nerveus uit.

„Het is natuurlijk verschrikkelijk," zei hij zachter. „Er had van alles kunnen gebeuren en wie denkt er bij voorbaat aan, dat zo'n kind 's nachts aan de wandel zal gaan, ontsnapt zonder dat iemand het hoort. Dat kind heeft naar haar moeder verlangd."

„Ja… maar tot jij je ermee bemoeide vingen we haar goed op, voelde ze zich veilig en góed… er was altijd iemand die met haar optrok, met haar speelde, haar wegbracht en haalde… met haar uitging… maar jij… en jij alléén… hebt me op die zondag zo ontzettend onzeker gemaakt… Deed ik het dan echt zo verkeerd met Cindy… die ik alleen maar wilde helpen? Maar jij zei, dat ik me aanstelde, als de goede fee op de achtergrond en dat het kind, ook zonder mijn voortdurende aandacht, een goed en comfortabel leven leidt in het huis van mijn ouders en dat ik niet Cindy's engelbewaarder ben… het was, volgens jou, egoïsme van me, omdat… omdat… oh, ik heb er zo onder geleden. Bij alles wat ik deed ging ik denken: Is het waar, wat Martijn heeft gezegd… wordt Cindy te veel afhankelijk van mij móet dat nou zo? Ik heb haar meer vrij gelaten… en het was níet goed voor Cindy… ze zou er nooit zo maar vandoor zijn gegaan als ze zich niet in de steek gelaten had gevoeld… ik heb haar alléén maar met warmte en liefde willen omringen… zo goed mogelijk voor

112

haar zorgen, terwille van Cindy en Nuncia... en dat er nu bijna ongelukken zijn gebeurd... terwijl Nuncia het kind in vol vertrouwen aan ons heeft gegeven... dat is jouw schuld, jij hebt me zo onzeker gemaakt dat ik het daarna allemaal verkeerd heb gedaan."

„Ja zeker, ik heb verkeerd gedaan door alles wat ik je te zeggen had zo ruw, zo onbehouwen in je gezicht te gooien... dat is waar, Esmé, en ik heb er genoeg onder geleden. Als ik het anders had aangepakt, zou je begrepen hebben, dat ik wél achter mijn woorden sta, maar dat het natuurlijk niet mijn bedoeling is geweest, dat je je nou opeens van het normale gedragspatroon met Cindy moest losmaken, zoiets gaat geleidelijk... maar ja... Ik wil de schuld niet alleen op jou gooien, we hebben beiden schuld, gewoonweg omdat we elkaar vanaf het eerste ogenblik niet hebben willen begrijpen. Jij lag dwars en ik werd driftig... dat is geen goede basis... Het spijt me allemaal verschrikkelijk, Esmé... en als je naar huis gaat, denk dan eens rustig na. Je zag... en ziet... mij als de grote boeman, die niets goed doet, overal kwade bedoelingen bij heeft... die geen goed woord waard is... die jij aankijkt met ogen als ijsblokken... Ik wist niet meer wat ik moest doen of zeggen, om jou tot een redelijker standpunt te brengen, het ging niet, wat ik ook deed of naliet... jij dacht alleen maar: Hij is erop uit om ons Cindy, en eventueel Nuncia, af te nemen. Jaloezie is een slechte raadgever. Je ouders zagen het veel genuanceerder, wat begrijpelijk is, en ze mochten me wel, maar dat nam jij hen weer kwalijk en toen dacht ik: Daar schei ik mee uit, ik ga er nooit meer heen. Wees eens heel eerlijk: Kon je het, op de dag dat we met Cindy uit waren, verdragen, dat Cindy en ik het goed samen konden vinden en alles zo gezellig toeging? Was je blij voor Cindy? Je hoeft er geen antwoord op te geven, maar een feit is, dat we er daarna samen voor het kind een beroerd einde van de leuke dag aan gebreid hebben en dat op die dag, door ons, weer een stukje aandacht en veiligheid voor Cindy wegviel. Je ouders treft geen enkele blaam, maar Cindy moest blijkbaar opeens helemaal op hen terugvallen... Cindy behoort gelukkig niet tot de kinderen die verwaarloosd, mishandeld of liefdeloos behandeld worden, en toch... je ziet hoeveel er ook mis kan gaan met een kind waar iedereen van houdt, maar dat kind heeft dan ook in haar nog zo korte leventje heel wat moeten verwerken... geen wonder, dat ze op zoek is gegaan naar haar moeder..."

„Ach, natuurlijk zijn er door iedereen fouten gemaakt." Het was voor het eerst, dat Esmé rustig en zonder sarcasme of opstandigheid tegen Martijn praatte. „Niemand heeft ooit het gelijk helemaal aan zijn kant, zover ben ik wel gekomen. Nuncia's lot heeft ontzettend diep ingegrepen in ons leven... vooral in dat van mij. Mijn innigste wens was altijd een zusje te hebben, maar dan een babyzusje en niet een van twaalf jaar, die mij niet moest en ik moest háár niet. Nuncia had al een moeilijk leven achter de rug, al was ze pas twaalf... in Chili... Haar vader is, met de meesten van haar familie, om het leven gebracht, haar moeder zat in het buitenland en de grootmoeder van Nuncia heeft kans gezien om met Nuncia, het geld en wat kostbare sieraden naar het buitenland te vluchten... En op een dag werd ze opeens wel mijn zusje. Ik werd in het bos aangevallen door een vent die, zoals mijn ouders achteraf hoorden, werd gezocht wegens aanrandingen. Nuncia zocht mij, hoorde me gillen en wierp zich in de strijd. Ze vloog die vent aan en riep: 'Blijf van m'n zusje af!' Ze sloeg en schopte als een furie. De aanvaller vluchtte en vanaf dat ogenblik voelden we ons voorgoed zussen... Ik zou het, geloof ik, niet hebben kunnen verwerken als er met Nuncia's kind vannacht een ongeluk was gebeurd. Cindy's engelbewaarders, in de vorm van twee politiemannen, sliepen gelukkig niet. Weet je, Martijn, ik kwam hierheen stormen omdat ik helemaal over mijn toeren was... een ander de schuld geven is nog altijd het gemakkelijkst... maar ik geloof, dat het zo wel genoeg is geweest. We hebben het nu voorgoed uitgepraat en... kunnen we niet opnieuw beginnen en als redelijke mensen met elkaar praten?"

„Ik zou niets liever willen." Martijn keek haar nadenkend aan, lachte dan ontspannen en zei spontaan: „Wat ben jij leuk als je niet zo chagrijnig kijkt. Oh hemel, dat had ik natuurlijk beter weer niet kunnen zeggen!"

Esmé keek hem eerst verbluft aan, daarna schoot ze in de lach. „Hindert niet. In normale omstandigheden ben ik echt niet zo snel op m'n tenen getrapt. Je hebt me inderdaad niet op m'n voordeligst meegemaakt."

„Kun je het zo houden?" vroeg Martijn hoopvol. „Ik heb namelijk nog een bekentenis in petto… maar ja, je bent nu ook weer niet zo gemakkelijk en als je in woede ontsteekt, zit ik opnieuw met de brokken te kijken. Beloof je dat je líef zult blijven?"

„Nee, zo'n blinde belofte weiger ik te doen… wat is er nou weer?"

Esmé ging rechtop zitten en keek Martijn dreigend aan. „Kom er maar mee voor de dag, Martijn. Ik zal me schrap zetten."

„Je zult me wel weer achterbaks vinden, maar ik wist tenslotte ook niet welke moeilijkheden er op mijn weg zouden komen… en die waren er, nietwaar?" Hij aarzelde nog steeds en Esmé kreeg het nare gevoel, dat hij zo meteen een echtgenote plus een paar kinderen tevoorschijn zou toveren.

„Jaja, dat weet ik," ze veegde zijn aarzelende verontschuldigingen met een ongeduldig handgebaar van zich af. „Heb je misschien een hele familie bij je… je vrouw bijvoorbeeld?"

„Dat zou je vast niet leuk vinden." Martijns ogen lachten. „Nee, dat is het niet. Als ik een vrouw had, zou ik haar heus niet zolang verstopt hebben. Het ligt een tikje anders. Ik heet namelijk niet Breugel maar Bankers. In zekere zin ben ik wel 'zaakgelastigde' maar dan wel van m'n eigen vader en Nuncia's moeder is mijn o, zo lieve tweede moeder. Ik zou haar niet graag 'stiefmoeder' noemen. Ze is altijd echt een schat van een moeder voor me geweest en dat is ze nog en daarom was ik zo blij, dat ik ten slotte te weten ben gekomen waar haar dochter is opgegroeid. Het is natuurlijk niet zo'n vrolijk verhaal waar ik mee thuis kom… Nuncia die wéér onvindbaar is en daarom zegt het kind, Cindy, mij zoveel. Mag ik je foto's laten zien van Nuncia's moeder?"

„Ik begrijp het," zei Esmé, ze nam het mapje foto's aan. Nuncia met haar ouders als kleuter van twee jaar… De moeder van Nuncia, waarop de dochter zoveel leek met de folklore groep en dan Nuncia's moeder met haar tweede man en een kleine jongen met een wilde krullebol, waarin Esmé zonder moeite Martijn herkende.

„Zijn er nog meer kinderen?" vroeg Esmé zachtjes en ontroerd.

„Wat vind ik het… boeiend… ja, anders kan ik het niet noemen… om deze foto's te kunnen bekijken. Nuncia's moeder heeft een heel lief gezicht… zachter dan Nuncia."

„Ze is ook bijzonder lief, ze heeft me een fijne jeugd bezorgd."
Martijn borg de foto's weer zorgvuldig op. „Ik heb helaas geen
broers of zusjes. Natuurlijk wist ik, dat ze Nuncia was kwijtge-
raakt en ik heb altijd gezegd: Als ik groot ben zoek ik haar voor
je op... kinderpraat en kinderwensen, maar hier is het toch
'waar gebeurd'. Nuncia is eigenlijk ook míjn zusje... een vreemde geschiedenis is het wel, ik vraag me nu alleen nog af: Waar is
de hoofdpersoon gebleven?"
„Weten ze bij jou thuis al wat je bereikt hebt?" vroeg Esmé, het
kon vreemd gaan in het leven. Vanaf het begin, alweer enkele
maanden geleden, had ze Martijn als haar vijand gezien, vanmorgen was ze vroeg op pad gegaan, met wraakgevoelens en
woede geladen en enkele uren later zaten ze als vrienden de
familiezaken te bespreken en voelde Esmé zich nauw verbonden
met Martijn.
„Ze weten thuis nog niets en ik ben niet van plan ook maar iets
te laten uitlekken vóór we weten wat er met Nuncia is gebeurd.
Ik kan me er niet toe brengen te laten weten, dat ik de zaak heb
opgelost maar dat Nuncia wéér zoek is... dat kan ik gewoonweg
niet maken."
„Bij sommige families... bijvoorbeeld de onze... moet ook alles
zo ingewikkeld gaan!" sprak Esmé somber. „Een piepkleine
familie maar altijd problemen. Het kon niet erger zijn als we uit
vier dozijn bestonden! Hoe lang blijf jij nog in Nederland?"
„Een paar maanden... wou je me weg hebben?" vroeg Martijn en
Esmé ontkende dit zo spontaan, dat ze meteen rood werd tot
achter haar oren.
„Aha..." plaagde Martijn en hij keek haar met grote ogen aan.
„Dat hoor ik nu eens mooi... de eerste indruk op Schiphol was
dus toch de juiste... jij vond mij sympathiek en ik vond jou...
een schatje!"
„Dat was dan kort daarop een enorme dssillusie!" Esmé trok een
gek gezicht. „Laten we de zwarte bladzijde in de geschiedenis
maar afplakken."
„Nee, dat moet je nooit doen, want dan wordt iedereen nieuwsgierig wat eronder zit. Je kunt beter ronduit vertellen, dat er een
tijd is geweest... eh... dat we elkaar op z'n zachtst gezegd beslist
niet konden verdragen... niets zo veranderlijk als een mens, zegt

men en het mag afgezaagd klinken maar het is een waarheid waar je niet omheen kunt. Ik houd van je, Esmé!"

„Nee toch?" spotte ze. „Is dat op z'n Amerikaans? Je loopt wel erg hard van stapel. Ik ga me echt niet verbeelden dat je onsterfelijk verliefd op me bent geworden, want daar heb ik het niet naar gemaakt… staaltje van zelfkennis, vind je niet?"

„Zelfkennis? Och, dat weet ik niet, maar het is wel belangrijk als je durft bekennen dat je fouten hebt gemaakt en wie doet dat niet? Ik heb je nooit een vervelend meisje gevonden, geloof dat maar. Het zat me genoeg dwars, dat ik weg moest blijven maar het had geen enkele zin om jullie weer op te zoeken. Ik had de bloemen van het behang willen plukken toen je vanmorgen belde, ook al wist ik meteen dat er weer storm zou komen… je stem liet daar geen twijfel aan bestaan."

Esmé bekende niet, dat ze hem, hoe kwaad ze ook op hem was geweest, toch hevig gemist had. Als Martijn haar onverschilliger had gelaten zou ze beslist niet onder de indruk van zijn woorden zijn geweest.

Toch even oppassen, Esje, hield ze zichzelf voor. Hij wil best wat afleiding maar over een paar maanden vertrekt hij en jij hebt het nakijken. Het is niet zo moeilijk om verliefd op Martijn te worden maar híj flirt… wie zegt er nou tegen iemand waar je aan de lopende band mee overhoop hebt gelegen, de eerste keer dat je behoorlijk met elkaar kunt praten: Ik houd van je… wat een kolder!

„Mag ik je thuisbrengen? Ik wil Cindy graag weer zien," stelde Martijn voor, hij liet nu eenmaal nergens gras over groeien.

„Heb je niets beters te doen?" vroeg Esmé. „Luister eens, snelle jongen, Esmeetje gaat de stad in, een vriendin bezoeken, daarna naar huis… en studeren. Cindy is op school en pa naar zijn werk, terwijl ma waarschijnlijk bezig is met stofzuigen. Kom eten, dat zullen ze best goed vinden. Lijkt je dat niet het beste?"

Martijn nam de uitnodiging aan maar toen Esmé vertrokken was en hij haar nagewuifd had, toen ze wegreed wreef hij eens nadenkend door zijn haardos terwijl hij langzaam terug liep.

Goede vrienden, ja maar waarom opeens dat malle, opgeblazen studentikoze gedoe? Ze kon, verdorie, toch wel normaal praten of was 'ik houd van je' weer verkeerd gevallen en vond ze het nodig om te laten zien dat ze een vrouw van de wereld was… het mocht wat!

De vrouw van de wereld had in de stad een leuke bloes en een stel kleurige kettingen gekocht, waarna ze naar huis reed.

„Gunst, alweer een bloes, dat is de dertigste." Mevrouw Francke snoof. „Wel aardig, dat streepje en al die kettingen kleuren er goed bij. Draag het nou, voor je er meteen weer genoeg van hebt."

„Ja ma… o ja… voor ik het vergeet… Martijn komt vanavond eten, ik heb 'm in de stad ontmoet."

„Nou, hij overloopt ons niet." Mevrouw Francke snoof voor de tweede keer. „Vandaar die nieuwe bloes? Nou, dat mag gerust, hoor."

Esmé glimlachte lief, ze zei met een zangerige klank in haar lichte stem: „Oh… en mámmie…"

„Ja, wat is er?" vroeg haar moeder achterdochtig, want 'Oh… en mammie' betekende sinds jaar en dag, dat er iets bijzonders in aantocht was.

„Onze Nuncia heeft er een broertje bijgekregen en dat broertje heet Bankers van z'n achternaam… en… eh… de moeder van Nuncia is de tweede moeder van die Bankers… snapt u het tot zover? Het broertje van Nuncia heeft zich hier aangediend als Martijn Breugel. Leuk hè?"

Esmé pakte haar nieuwe bloes en kettingen tezamen en liep lachend de kamer uit. Mevrouw Francke zat in een stoel met de stofzuiger nog in haar hand en ze schudde verbijsterd het hoofd: „Ik hou het allemaal niet meer bij! Iedereen heeft hier langzamerhand een tik van de mallemolen te pakken!" mompelde ze tegen de dichte deur.

Martijn arriveerde met bloemen voor de gastvrouw en een enorme zak snoepgoed voor Cindy, die een juichkreet gaf, deels omdat ze Martijn nog niet vergeten was en deels om de zoete gave, waar de tandarts waarschijnlijk het meeste genoegen aan zou beleven.

„Ze kan er twee maanden mee doen of meteen doodziek worden," grinnikte Esmés vader.

Gelukkig vond Cindy de zilveren puntzak met roze strikken zo mooi, dat ze nog niet wilde snoepen.

Martijn had alleen maar wat snoepjes voor een klein meisje gevraagd.

„Het hindert niet, hoor Martijn," suste mevrouw Francke. „Het ziet er inderdaad beeldschoon uit en de rozen ook."

„Wat zie jij er mooi uit, Esmé." Martijn bekeek haar goedkeurend en ze moest er aan wennen, dat Martijn geen geheim van zijn gedachten maakte, maar ronduit zei wat hij er van vond, wie er dan ook verder bij aanwezig mochten zijn. Esmé vond het ongewoon maar wel charmant.

Na het eten kon Cindy de verleiding niet weerstaan en opende de zak snoepgoed. Ten slotte werd ze, volgens normaal kinderpatroon, baldadig en probeerde de zilveren strik in Martijns haar te bevestigen. Dit werd oma en tante net iets te dol en Cindy werd streng tot de orde geroepen, maar de merkwaardige Mr. Bankers maakte er zelf totaal geen probleem van.

„Misschien nieuwe mode… tegenwoordig kan alles." Hij zette de enorme strik met een klap midden op zijn hoofd en Cindy gilde van pret.

„Het gekroonde hoofd," plaagde Esmé, waarop Martijn die blijkbaar nooit om woorden verlegen zat, slagvaardig antwoordde: „Als dat zou kunnen! Mag ik dan de koning van je dromen zijn?"

„Niet zo hoog reiken, hoor. Prins is mooi genoeg," kaatste Esmé terug. „Cindy, verdwijn met die strik, zet 'm maar op je bol."

Het werd bedtijd voor Cindy en zij probeerde haar familie zo gek te krijgen, dat ze haar in optocht naar boven zouden brengen, maar die voorstelling ging niet door. Esmé kreeg genoeg van de voorstelling en pakte haar nichtje met forse hand bij de arm.

„Het is mooi geweest, naar boven. Ik meen het deze keer!"

Waarop Cindy begon te blèren als een misthoorn en zich liet slepen.

„Kom maar, ik draag je naar boven!" Martijn hees Cindy, die meteen haar geloei stopte, op zijn schouders en liep de trap op, met Esmé achter zich aan, die prevelde: „Over een rustig etentje bij de familie Francke gesproken!"

„Geeft niets. Ik houd niet van stijve visites," riep Martijn. „Is dit jouw kamer, Cindy. Nou nou, wat een mooie kamer voor de prinses! Een, twee, drie… keurig gedropt!"

Ze lachten en plaagden Cindy, zongen een liedje met haar, haar lievelingsliedje, Jack and Jill went up the Hill. Daar kon ze niet genoeg van krijgen.

„Waarom vind je dat zo mooi?" vroeg Martijn. „Je kunt het zelf veel beter zingen dan wij, je kent alle woorden."

Cindy liet zich, opeens heel ernstig, in haar grote, gebloemde hoofdkussen zakken en lag heel stil omhoog te kijken.

„Mama en papa zongen het ook altijd voor me," zei ze en haar kleine gezicht onder de warrige blonde haren werd heel triest en stil. Ze denkt er dus voortdurend aan, dacht Esmé met een gevoel van medelijden dat pijn deed. Arme kleine meid... vanavond denkt ze er zeker aan, omdat ze voor het eerst weer door twéé jonge mensen met spelletjes, plagerijtje en liedjes wordt ondergestopt. Zo ging dat vroeger natuurlijk. Ik doe het op mijn manier, een verhaaltje en een kusje... ze aanvaardt het, de kleine schat, maar ze vindt het maar een magere vervanging voor het heerlijke ceremonieel van vroeger.

„Ze is een lief, dapper ding," zei Martijn toen ze naar beneden liepen, het had hem ook aangegrepen maar ze zeiden er beneden als bij afspraak niets over. Martijn voelde zich thuis, wat geen wonder was na een paar maanden in een hotel zonder huiselijke gezelligheid. Martijn kon boeiend vertellen, hij liet nu wat meer foto's zien en mevrouw Francke besloot er met haar man over te spreken of hij het er mee eens was Nuncia's moeder uit te nodigen, niet nu opeens, maar later, als ze hopelijk meer wisten. Kwam Nuncia niet terug, of liet ze niet van zich horen, dan betekende dit voor Nuncia's moeder weer een hevige teleurstelling, maar ze kon tenminste kennis maken met Cindy. De reiskosten behoefden voor de vrouw die door Martijn als 'mijn moeder' werd aangeduid, geen bezwaar te zijn, dat bleek overal uit. Cindy uit handen geven door haar met Martijn naar Amerika te laten gaan, was onmogelijk in dit stadium van bekendheid met elkaar. Cindy zou ook heimwee kunnen krijgen. Esmé bekeek opnieuw peinzend de oude foto, waarop Nuncia met haar eigen moeder stond.

„Hoe lief ik oude foto's ook vind, ik zie ze niet graag," zei ze onverwacht. „Voltooid verleden tijd... een term waar ik op school al moeite mee had. Ik vind het ook nooit leuk als de tv een heel oude film geeft van een mooie, jonge ster, als ze éérst even hebben laten zien hoe die man of vrouw er nu, na veertig of vijftig jaar uitziet… zo onbarmhartig. Er is dan geen geleidelijke groei naar dat beeld van jong naar oud… er is gewoon een zwart gat. Vreemde opvattingen heb ik soms maar ik kan er niets aan veranderen, zo voel ik het nu eenmaal."

„Ik vind dat niet zo vreemd, het voortgaan van de tijd is nu eenmaal onbarmhartig en nooit te stuiten. Misschien begint bij mensen in veel gevallen de depressie uit angst voor dat onontkoombare snelle voorthollen van 'tijd'. Als een fotocamera klikt is het 'nu', het volgend ogenblik is het al verleden tijd. Daar kun je best melancholiek van worden en bij jou wringt het onderwerp 'Nuncia', die zover weg zit en het kind, dat al vijf was toen je het voor 't eerst zag… zulke dingen. Is het niet zo?"

Martijn keek vragend naar Esmé die zo in gedachten verdiept bleef.

„Ja, zo is het wel." Ze schrok op en lachte. „Ach weet je, ik ben nou eenmaal gauw… eh… bespikkeld met heimweedrupjes. Ik weet nog zo goed, dat ik bij een oom en tante van mama logeerde… overigens met mama en papa, we zouden er kerstmis en oud en nieuw vieren. Prima, hoor! Ze woonden dicht bij de haven en het station en om twaalf uur, was het 'veel heil- en zegen'handje, kusje, glaasje… het gewone recept… en Esmé met haar acht jaren lag onder de tafel met twee kussens op haar hoofd, want al die boten en treinen gilden en floten het oude jaar uit en het nieuwe in… Ik vond het vréselijk… ik kon er niet tegen en ik jankte… het was geen huilen meer… maar jánken als een ongelukkig hondje… iedereen heel zenuwachtig… wat héb je nou, kind? Ben je ziek? Zijn de oliebollen gaan opspelen… ik was een heel malle meid, hoor… dat ben ik eigenlijk nog steeds… soms!"

„Wat zou ik je graag gekend hebben toen je zo oud… of zo jong… was als Cindy, maar ja… ik was toen zeker zes jaar ouder en het zou me toen weinig hebben gezegd… zo'n wurm," plaagde Martijn en wist, dat hij Esmé nooit meer kwijt wilde raken en dat die zes weken al te veel waren geweest. Ofschoon hij Esmé nog maar kort kende was het vanaf het begin een emotionele toestand geworden tussen Esmé en hem.

Esmé wees naar Boomer, de enorme Bobtail, die als een vloerkleedje voor Martijns voeten lag. „Boomer heeft je aanvaard, dat mag je wel als een eremedaille beschouwen. Hij is niet zo gemakkelijk. We kregen hem als puppy en ach… zo héél groot zou hij niet worden, werd ons verteld en nou hebben we een schat van een hond ter grootte van een flinke pony… hè Boomer?"

Toen Boomer uitgelaten moest worden waren Esmé en Martijn graag bereid die avondtaak van de heer des huizes over te nemen.

Esmés ouders keken het stel na.

„Als jij denkt wat ik denk… een verdraaid aardige vent maar er is één ding, dat ik ernstig op 'm tegen heb… hij woont te ver weg," zei Esmés vader somber. „Kan z'n vader 'm niet voorgoed hier laten?"

„Nee, natuurlijk niet. Die jongen is hier om een en ander voor zijn vader te regelen, maar die lui horen op een ranch thuis… grijns niet… geen Dallas, geen J.R., geen olie en intriges… gewóón… een ranch, Martijn hoort dáár… buiten… niet ergens in de stad."

„Tja… je hebt mensen met een flink aantal kinderen en alles blijft op een klit in dezelfde stad hangen, wij hebben twee dochters en bij ons weten ze niet, hoe ver ze weg moeten trekken," mompelde Esmés vader mismoedig. „Enfin, misschien gaat dit niet door."

Esmés moeder trok alleen haar wenkbrauwen heel hoog.

„Wat je ook denkt, wat je ook doet, of je lacht of werkt… het probleem 'Waar is Nuncia' is er altijd, op de achtergrond." Esmé en Martijn wandelden langzaam achter de luie Boomer aan, die gezellig wat in het bos liep rond te snuffelen maar verder geen aanstalten tot de normale activiteiten maakte, hij had de tijd.

Martijn, die goed kon luisteren, knikte alleen maar en gooide een stokje voor Boomer uit, maar die kwam niet in beweging.

„Het mooiste is nog, dat behalve Haio… en die kan het niet meer vertellen… niemand weet… althans tot nu toe… dat ík ervoor gezorgd heb, dat Nuncia voor Haio koos," ging Esmé verder maar het was alsof ze niet tegen Martijn maar voor zichzelf praatte. „Nee, het is niet goed om voorzienigheidje te willen spelen. Als Nuncia hier gebleven was…"

„Ik weet niet, wat je destijds hebt uitgevoerd, maar als je geen voorzienigheidje had gespeeld, zouden Haio en Nuncia ook die zes gelukkige jaren niet hebben gehad. Je zegt zelf, dat Nuncia geen spijt had." Martijn sloeg zijn arm om Esmés schouders en schudde haar liefkozend door elkaar. „Je hebt me wel nieuwsgierig gemaakt. Wat heb je destijds gedaan? Je moet toen nog piepjong zijn geweest... twaalf jaar?"

„Haio wilde weggaan, durfde haar niet te vragen... Nuncia liep thuis als een geknakte blom rond... toen heb ik Haio opgebeld en hem te spreken gevraagd en gezegd, dat hij een stommeling was... of zoiets. Het heeft geholpen maar eerst was hij nijdig op me en dacht, dat ik een afspraakje in een cafetaria forceerde omdat ik zo gek op hem was. Haio was best de moeite waard, maar ik was te jong en bovendien waren mijn zus en hij stapelverliefd op elkaar... zo zit dat!"

„Je bent me er toch eentje. Ik mag dat wel!" Martijn stond pardoes stil en gaf Esmé een stevige kus. „Zou jij in Amerika kunnen leven?"

„Zeg, luister eens even... niet zo vlug... wat bedoel je nou eigenlijk?"

Ze duwde zijn arm van haar schouder. „Ik vind je geweldig aardig, een paar weken geleden zou ik iets anders hebben gezegd... maar... eh... je bent zo overdonderend. Wat heeft wonen in Amerika met mij te maken? Ik doe me niet dommer voor dan ik ben, hoor... maar je wilt je me toch geen huwelijksaanzoek doen, hè?"

„Ja hoor, dat doe ik juist wel. Ik ben verliefd op je en ik denk, dat ik dat al ben vanaf de dag op Schiphol, maar later werd alles verknoeid en ik vond dat heel erg, ik heb je, hoe kort ik je ook kende, ontzettend gemist, toen ik me dwong om uit jouw buurt te blijven. Het was gelukkig, dat ik het druk had, want ik wist met mezelf geen raad. Afreizen kon ik niet en ik weet niet of ik het wel zou hebben gedaan. Ik had je wel meteen om je hals willen vallen toen je het hotel kwam binnenwandelen... de zon ging weer voor me op."

„Lieve Martijn, dat is erg mooi maar hoe denk jij dat het dan met m'n ouders moet? Ze zitten met het kind en het probleem 'Nuncia' en ik zou er dan opeens vrolijk vandoor gaan... naar

Amerika... en de rest zoeken ze dan zelf maar uit? Dat kan gewoonweg niet en bovendien... hoe kan je nou weten in zo'n korte tijd, dat je elkaar werkelijk voorgoed wilt? Martijn... en dan... het klinkt misschien niet aardig, maar ik wil eerlijk blijven: Je doet dit toch niet om op die manier Cindy in ieder geval voorgoed in jouw familie te krijgen via mij?"

„Mijn hemel, Esmé, waar denk je aan? Hoe kom je daar nou weer bij!"

Martijn schudde haar kwaad door elkaar. „Ik houd van je... zonder bijgedachten... je denkt toch niet, dat ik zo gek ben om m'n levensgeluk op spel te zetten terwille van mijn moeder en Cindy? Dat zou ik in sommige omstandigheden misschien nog wel doen maar zeker niet door de verkeerde vrouw te trouwen, domoor. Nou... luister... het aanbod blijft van kracht... denk er over na, maar alsjeblieft geen maandenlang."

„Ik heb je verteld, dat het niet kan, zolang we niet weten, waar mijn zusje uithangt... luister dan toch of beginnen we opnieuw, met elkaar niet te begrijpen? Dan zal het nooit goed gaan tussen ons... als we overal meningsverschillen over moeten krijgen. Ik vind het een van je goede eigenschappen, dat je eerlijk zegt wat je denkt, maar geen mens heeft het gelijk helemaal aan zijn kant."

„Nee, dat betwist ik ook niet... een paar maanden nadenken lijkt me toch heel redelijk... vind je niet?" Martijn nam haar in zijn armen en kuste haar teder. „Mag dit, strenge jonkvrouwe?"

„Als je komt en als je gaat... ja, maar geen gewoonte van maken," sprak de strenge jonkvrouwe. „Ik wil namelijk nu je hartsvriendinnetje niet worden want als ik straks 'nee' zeg en niet meega naar Amerika dan zitten we allebei met een gebroken hart, maar ik waarschijnlijk met méér stukken dan jij. Ik ga geen relatie zonder toekomst aan. Dat klinkt erg koel... erg verstandelijk bekeken, maar onze familie, hoe klein ook, is er een met vele voetangels en klemmen, dat wéét je en ik ga de verwarring niet nog groter maken door zonder meer óók uit Cindy's leven te verdwijnen."

„Als ik zeg, dat we haar mee kunnen nemen, denk je weer, dat ik bijbedoelingen heb. Het zal de oplossing ook niet zijn, want ouders blijven ten slotte meestal alleen achter maar in dit geval is het inderdaad buigen of barsten, je neemt hen in één slag dan alles af, dat kan ook niet. We zitten lelijk tussen twee vuren."

„Kun jij dan niet hier blijven?" Ze vroeg het heel schuchter en wist tevoren al, dat het een onmogelijke vraag was maar hij ging er serieus op in.

„Luister, Esmé, wat ik van m'n vader heb gehoord… omdat hij één van die mensen is… Een boerderij is een soort heilig bezit maar je moet er wel van kunnen bestaan, Toen mijn vader jong was, wist hij al gauw: Voor twee zoons reikte het niet en mijn vader emigreerde kort na de tweede wereldoorlog. Wat hij heeft opgebouwd is in een woord geweldig, zo'n bedrijf run je niet alleen, maar bij ons met een hele stoet mensen. Ik ben bedrijfsleider bij mijn vader en ik ben de enige zoon. Ik kan moeilijk zeggen: Dag pa, ik blijf voortaan in Nederland wonen. Hij mist me nu al zo, omdat de zaak nu helemaal op hem rust."

„Ik begrijp wel, dat het niet kan, het was ook maar een wanhoopspoging."

Esmé voegde er geïrriteerd aan toe: „Is die ranch van jullie een soort Dallas toestand? Wat een geluk, dat je geen broers hebt!"

„Zeur nou niet over dat idiote, overtrokken rampenverhaal." Martijns stem klonk niet minder geïrriteerd als die van Esmé. „Die mensen hebben geen dag rust en zoveel rampen overleeft geen mens. Ik neem aan, dat je aan die onzin niet verslingerd bent? Zo is het in ieder geval bij ons niet. Wel mooi… hard werken… weinig ruzie… een normale familie… geen drank- en liefdesproblemen, behalve dan nu mijn liefdesprobleem en mijn moeder is een schat maar een heel reële vrouw en geen bijna heilige Miss Ellie… nog iets?"

Esmé had hem verbluft aan staan staren, maar schoot daarna zo onbedaarlijk in de lach, dat Boomer ervan begon te blaffen en Martijn, zij het nog wat onwillig, zuurzoet meelachte.

Ze liepen langzaam terug, Boomer liep rustig mee en voor ze in het zicht van het huis kwamen, bleef Martijn stilstaan en trok Esmé in zijn armen.

„Ik heb alles gemeend, Esmé. Ik houd van je en ik wil niets liever dan met je trouwen en je meenemen naar Amerika. Hoe dat allemaal geregeld moet worden, zie ik ook nog niet, maar ik geef je voor geen goud op… hou daar rekening mee."

„Ga dan alleen terug, dan weten we of we elkaar werkelijk zo missen, dat we niet zonder elkaar kunnen... een erg harde proef, maar..." begon Esmé.

Martijn dacht er niet aan om mee te werken aan dat onwijze plan, riep hij heftig, waarbij hij meteen vergat dat er spaarzaam gekust zou worden.

„Ik neem je mee al moet ik je ontvoeren," riep Martijn.

„Je bent gek, doe niet zo stormachtig... jij!" Boomer werd een beetje ongeduldig, dacht dat het vrouwtje het meende en duwde met een boos gebrom zijn grote kop tegen Martijns schouder, nadat hij in zijn volle grootte rechtop was gaan staan, met een grote poot op Martijns schouders.

„Lief dat hij je niet bijt," zei Esmé waarderend. „Laat maar Boomer, hij is oké."

„Gelukkig dat jij zo'n goede beschermer hebt. Lieve Esje, dit was natuurlijk allemaal een beetje plagerij, want ik begrijp best, dat ik gemakkelijk praten heb. Ik verlies er niets bij, integendeel, maar jij zit met een massa moeilijkheden. Ik ben er bovendien van overtuigd, dat jij niet zo zeker van jezelf bent en dat ik me als een soort wervelwind gedraag en jij dat helemaal niet wilt... is dat zo?"

Esmé wilde het niet toegeven maar het was wel zo, dat ze voortdurend het gevoel had, dat ze moest draven om Martijn bij te houden hoewel ze verliefd op Martijn was en hem niet wilde missen. Geflankeerd door de oplettende Boomer wandelden ze hand in hand terug, meer veroorloofde Boomer niet. Hij vond Martijn aardig maar er waren grenzen.

„Prettig gewandeld?" vroeg mevrouw Francke. Ze deed tactvol alsof ze niet merkte, dat Esmé en Martijn beslist niet over het mooie weer hadden gepraat.

„Ja hoor, heerlijk gewandeld en Boomer heeft Martijn bijna opgevreten!" deelde Esmé vrolijk mee om vervolgens te ontdekken, dat ze zichzelf mooi verraden had, toen ze de komisch aandoende verbazing op de gezichten van haar ouders zag want Boomer was de goedheid zelf.

„Nee... hij heeft niet echt gebéten, hoor," riep ze haastig met een kleur als een overrijpe tomaat.

„O ja? Dacht Boomer dat je aangevallen werd?" vroeg Esmés vader onschuldig. „Hoe kan dát nou toch?"

Martijn wachtte plezierig hoe zijn aangebedene zich eruit zou redden.

„Ach nee, natuurlijk werd ik niet aangevallen... Boomer dacht het alleen maar, omdat we elkaar zoenden." Aldus viel Esmé met een klap door de mand. „Dat is toch niet verbóden, wel?"

„Nee hoor, zeggen we dat dan?" Esmé had te laat door, dat ze stevig geplaagd werd door alledrie.

„Ja, lachen jullie maar... zelfs in deze haastige tijd worden meisjes nog wel eens ten huwelijk gevraagd maar ik heb nog geen 'ja' gezegd!" voegde ze er haastig aan toe. „Zo eenvoudig ligt het niet, maar het is niet omdat ik niet van Martijn houd... het is gewoonweg heel de toestand met Nuncia en Cindy en ook om jullie. Ik weet echt niet hoe ik het redden moet."

Ze keerde zich om en liep de kamer uit, haar moeder zag dat ze tranen in haar ogen had.

Voor Martijn was het gemakkelijker dat hij kon praten zonder Esmé, open en verstandig, zoals hij ook met zijn ouders kon praten.

„Het is waar, dat Cindy haar momenteel moeilijk kan missen en het is ook waar, dat Nuncia's verdwijning het allemaal heel erg gecompliceerd maakt en ik denk, dat het voor Esmé, al zegt ze daar niets van, heel erg verdrietig is, dat Nuncia háár zo gemakkelijk heeft laten vallen, maar dat doet niets af aan haar liefde voor Nuncia, zie je. Het is zo'n raadsel... en dan zou Esmé opeens met jou wegtrekken. Kijk, natuurlijk moet ze haar eigen leven leiden en niet aan ons denken, maar het is in dit geval natuurlijk niet het gewone recept: Moeder... vader... ik verlaat het huis en ga waar mijn man gaat. Nuncia heeft dat destijds kunnen doen... Esmé zit met een heel ander probleem."

Mevrouw Francke keek van haar man naar Martijn, ze zwegen beiden.

„Wat denk jij ervan?" vroeg mevrouw Francke zacht aan haar man.

„Kijk... het is zo, dat we niet weten of Nuncia nog terugkomt, al hopen we dat wel... er verdwijnen méér mensen die nooit meer gevonden worden, hoe hard dat ook klinkt. In dat geval heeft

Cindy jonge mensen nodig... een nieuwe boeiende omgeving... als Esmé de zaken op een rij heeft gezet, rustig heeft kunnen nadenken en zeker van zichzelf is... alleen in dát geval... hoe zwaar het ook valt, maar dan zouden Esmé en Martijn zich voorgoed over Cindy moeten ontfermen en ik weet, dat ze het goed en van ganser harte zullen doen... maar het is natuurlijk een heel ingrijpend besluit. Ik wil dit met Esmé in alle rust bepraten... en met mijn vrouw natuurlijk... en ik denk, Martijn, dat het beter is als ze even rust krijgt... dat je je niet meldt... niet komt... het initiatief van háár laat uitgaan. Wat Esmé besluiten zal, moet... voor ons allemaal... bepalend en bindend zijn. Ben je het daar mee eens?"

„Dat is wel een heel zwaar besluit om het te laten bij... ach, natuurlijk... het is een beslissing voor méér levens, het is niet alleen voor ons geluk maar... ja, ik moet het er mee eens zijn zodat Esmé vrij kan beslissen en ik weet, dat u haar niet tégen mij zult beïnvloeden. Ik hoop, dat ik het kan opbrengen... maar ik wil Esmé vanavond liever niet meer zien... dat kan ik niet!"

Hij nam geen afscheid maar liep zonder meer het huis uit.

Esmé kwam naar beneden rennen. „Is Martijn zomaar weggegaan?

„Was hij boos omdat ik even alleen moest bijkomen?"

„Hij moet ook alléén bijkomen, Esmé... we hebben met hem gepraat. Ga eens zitten, want we willen nu met jou praten... we wilden dat eerst morgen doen, maar zo is het beter..."

Ze praatten tot drie uur in de nacht, ze praatten een heel leven door en over alles wat ze hoopten, vreesden en verwachtten... wat het beste zou zijn voor iedereen.

„Ik zie wel in, dat het niet anders kan," zei een bleke, dodelijk vermoeide Esmé om drie uur 's nachts. „Maar ik denk, dat jullie drieën toch niet helemaal kunnen begrijpen, wat je op m'n schouders hebt gelegd, omdat ik niet alleen voor Martijn en mij beslissen moet. Als... ik zeg nadrukkelijk áls ik kies voor Martijn en Cindy gaat met ons mee, dat gaat ook Nuncia's eigen moeder zich aan dat kind hechten. Ik kan niets meer terugdraaien, heb je dat ook beseft?"

„Jij moet genoeg van Martijn houden, zoveel dat je alles aandurft... dát is het voornaamste. Ik vind het van Martijn ook ongelooflijk góed… dat hij ons en jou vertrouwt. Ik wil je nog waarschuwen: Het is ja of nee… als je ja zegt heb je hem voorgoed, het is echt een fantastische vent… zeg je nee, dan zie je hem nooit meer terug en hoef je er later niet mee aan te komen, dat je je toch hebt vergist. Ik weet, dat het keihard is, maar jij weet, wat er vanaf hangt."

Esmé kuste zwijgend haar ouders goedenacht en ging langzaam naar boven, ze was zo moe, dat ze haar ene voet bijna niet meer voor de andere kon krijgen.

„Mogen we haar dat eigenlijk aandoen?" Mevrouw Francke huilde nu Esmé het niet zien kon.

„Weet jij een andere oplossing?" vroeg haar man, hij wreef over zijn vermoeide ogen. „We hebben haar de richtlijn gegeven en die had ze hard nodig. Nuncia… Nuncia, wat heb je ons allemaal aangedaan!" Het was geen verwijt maar een wanhopige vraag, waarop geen antwoord te vinden was.

De dagen waren lang en moeilijk en brachten geen uitkomst voor Esmé, omdat toch de gedachte aan haar ouders en Nuncia een te grote rol bleef spelen… maar hier blijven wonen… afstand te doen van Martijn… wachten op iemand die nooit meer komen zou… Nuncia die niet meer zou komen… Martijn die uit haar leven zou verdwijnen… Cindy, die eens haar eigen weg zou gaan… haar ouders waren nog vrij jong en konden nog tientallen jaren hun eigen leven leiden zonder hulp van andere mensen nodig te hebben, als ze tenminste gezond bleven maar die kans was voor iedereen hetzelfde! En op een morgen zes dagen nadat Martijn was weggelopen en sindsdien geen gelukkig ogenblik meer had beleefd, ging de telefoon op zijn kamer en een zacht stemmetje zei: „Martijn, met Esmé…" alsof hij dat al niet meteen had gehoord.

„Ja… Esmé?" Hij kon niets anders uitbrengen.

„Martijn, ik heb voor jou gekozen," zei Esmé eenvoudig.

„God zij gedankt, Esmé!" Meer kon Martijn niet uitbrengen en het kon hem niets schelen, dat de tranen over zijn wangen rolden.

Esmé had het gesprek verbroken en toen drong het pas tot haar door, dat er verder niets was gezegd en geen afspraak gemaakt. Er werd nooit over zijn werk gepraat maar ze nam aan, dat hij het te druk had om meteen in zijn wagen te springen en naar haar toe te komen, wat reëel was gedacht. Wat wel arriveerde binnen enkele uren was een ongelooflijk boeket rode rozen. De man die het boeket bracht ging er achter schuil en merkte droog op: „Alstublieft... een bloemetje van iemand die in het gróót werkt en denkt... blijkbaar."

Esmé vond het lief en grappig maar ze zou met een paar rozen net zo blij zijn geweest.

„Ik denk, dat het niet alleen een uiting is van liefde maar ook een explosie van enorme blijdschap en opluchting." Esmés moeder bekeek de bloemenschat met ontzag. „Die jongen moet gek van vreugde zijn geweest! Esmé, dit alles gaat nooit in één vaas, we zullen er de hele kamer mee moeten versieren."

De bloemen zorgden in ieder geval toen Martijn laat in de middag arriveerde voor een heerlijke ontspannen sfeer, want Esmé viel hem meteen om de hals en zei stralend en meteen hartelijk lachend: „Lieve Martijn, ik voelde me vanmorgen tenminste ééns in mijn leven de Grote Diva... dank voor je bloemetje... het huis staat vol!"

„Ik moest gewoonweg blij zijn, het betekent zo'n beetje..." Hij dacht even na, lachte en knikte tevreden. „Ja, het betekent zoiets als een enorme luchtsprong van vreugde. Die hele emmer rozen stond daar zó mooi in de ochtendzon... en toen vond ik dat jij ze moest hebben... zo maar... o, Esmé, je weet niet, hoe de afgelopen week is geweest. Voor jou ook, maar de beslissing lag bij jou... ik kon alleen maar passief blijven... afwachten. Dat je toch ja hebt gezegd... het aandurft..."

„Het ging niet om 'aandurven', want dat was wel in orde, al heel gauw... het is ook niet de grote afstand tussen mijn ouderlijk huis en mijn toekomstige woonplaats... het ging hoofdzakelijk om Cindy... wat goed is voor Cindy. Dat weet ik eigenlijk nóg niet... en wie weet het wel? We zijn natuurlijk met z'n allen maar surrogaat voor mama en papa, waar ze zo naar verlangt... dat merk ik telkens weer. Ze smácht naar mama... weet, dat papa er niet meer is... maar hoe dan ook, ik geloof dat ik de goede beslissing heb genomen, ik kan eenvoudig niet zonder jou leven. Ik weet nu hoe Nuncia zich destijds voelde."

Ze kusten elkaar op het tuinpad. Boomer zat erbij en keek er

naar en de 'Poezenmevrouw', zoals Esmé de dame uit de 'nieuwe' bungalow naast hun huis altijd was blijven noemen deed
hetzelfde als Boomer... Ze keek ook, tot Esmé en Martijn, met
de armen om elkaar heen naar het huis waren gewandeld en de
deur achter hen dichtging. De rozengeur in huis was werkelijk
bedwelmend.

HOOFDSTUK 8

Nuncia had de schok van het verongelukken van Haio niet kunnen verwerken en in de weken daarna had ze in een soort genadige mist geleefd, ze kon niet doordenken en had voortdurend het gevoel, dat het allemaal niet werkelijk kon zijn gebeurd. Alles om haar heen leek onwerkelijk, zelfs de stemmen kwamen van heel ver, het was alsof haar vermogen om te denken zat verpakt in een laag watten. Zelfs haar bewegingen waren moeizaam, tot ze na een maand zover was, dat ze wist, dat ze naar huis wilde met Cindy, voorgoed weg uit Australië. De schemertoestand wilde niet wijken, ze liep, ze praatte en ze zorgde voor Cindy, voor de rest kon het haar allemaal niets meer doen. Op het ogenblik dat ze Esmé op Schiphol ontmoette leek ze op een mens dat zich lang aan een touw boven de afgrond heeft vastgeklampt om in leven te blijven maar dan toch moet loslaten en naar beneden valt.

Ze was thuis, Esmé en mama en papa zorgden voor Cindy en zelf zat ze dagen, die tot weken groeiden, uitgeblust in een hoekje en kon zich nergens toe bepalen. Het kostte oneindig veel geduld en moeite om Nuncia in beweging te krijgen en haar een opdracht te geven, die ze meestal halverwege weer vergeten was, tot het ten slotte lukte om Nuncia zover te activeren, dat ze zelf Cindy wegbracht naar schaatsles. Er mankeerde niets aan Nuncia's verstand, ze was alleen doodmoe en uitgeblust en ze zag het leven niet meer zitten, ze wilde niet meer vechten. Haio was er niet meer, Cindy was verzorgd… verder dacht ze niet, ze bleef met haar gedachten almaar rondcirkelen in Coober Pedy, hun jaren daar en het laatste ogenblik dat ze Haio had gezien en nagezwaaid. Toen ze echter Cindy op aandringen van haar ouders en Esmé zelf wegbracht naar schaatsles ontmoette ze Donata, wat haar op dat ogenblik niets zei. Ze vond het zonder meer een heel mooie, vriendelijke jonge vrouw met een aardige man en met hun kinderen, die ook al op de ijsbaan te vinden waren, kon Cindy goed opschieten. Zo kwam op een dag het ongeluk ter sprake en liet Donata zich ontvallen, dat het leek op het ongeluk, dat haar vader, lang voor zij werd geboren, had meegemaakt. Donata had gezegd, dat zij als kind zo geïnteresseerd was geweest in dat ongeluk, vooral toen ze een oud album met kranteknipsels had gevonden en verslonden. Donata, die medelijden had met Nuncia, begreep wel, dat Nuncia, nu ze terugkrabbelde uit haar kleine, mistige wereldje, houvast zocht en almaar over die gebeurtenis van vele jaren terug wilde praten maar Donata had er eigenlijk geen tijd voor en Nuncia bleef maar spitten. Donata voelde zich later, op de een of andere manier, schuldig toen Nuncia was verdwenen. Reinou, Donata's man, begreep dit niet, maar Donata had niet durven vertellen dat ze op een avond, het steeds terugkerende onderwerp beu, het oude album met kranteknipsels had meegenomen en het aan Nuncia, die hevig geïnteresseerd was, had gegeven. Misschien was het een therapie, zo had Donata gedacht. Wat ze uit dat oude verhaal, dat toch in feite helemaal niets met haar geval te maken had, had opgediept, was Donata volkomen duister maar ze bleef het vage en heel akelige gevoel houden dat er ergens verband bestond tussen die oude kranteknipsels en Nuncia's verdwijning maar ze zag absoluut het verband niet.

Toen ze het ten slotte, op van de zenuwen weken later aan Reinou bekende, vond hij, dat zijn vrouw het wel erg ver zocht en ook hij zag niet in, dat er verband kon bestaan.

„Maak die mensen niet verder ongerust," raadde hij. „Heeft ze die knipsels teruggegeven?"

Ja, dat had ze gelukkig wel gedaan en Donata was er, nadat ze de zaak die haar zo benauwde, met haar man had besproken ten slotte van overtuigd, dat ze op spoken had gejaagd... En toch zat de kern wel degelijk in dat oude verhaal over een verongelukt sportvliegtuig. Het was natuurlijk niet het verhaal zelf, maar wel het nadenken over de omstandigheden waarmee men wordt geconfronteerd. Bij Haio's fatale vlucht had Nuncia in haar verdoofde toestand alles gehoord maar nergens op gereageerd, omdat ze het eenvoudig niet allemaal in zich had kunnen opnemen. Dat kon ze veel later wel, heel helder denken, nadat ze geïnteresseerd het oude knipselalbum van Donata had gelezen... en was gaan nadenken. Hoe was dat met Haio's ongeluk gegaan en toen kwamen er steeds een paar punten naar voren, die ze niet begreep en die haar destijds gewoonweg voorbij waren gegaan.

Ze probeerde alles van zich af te zetten maar het werd een obsessie en op een dag wist ze: Ik moet terug maar als ik daar thuis mee aankom, verklaren ze me voor gek en ze houden me uit louter bezorgdheid hier vast en ik ben niet meer vrij om te doen wat ik wil doen... ik moet weg, het heeft allemaal al te lang geduurd. Misschien krijg ik rust als ik terugga... en eerst wil ik met Jacko en Beulah gaan praten. Of het verstandig was vroeg ze zich niet af, want dat deed haar helemaal niets. Ze voelde dat ze terug moest gaan, nadat ze maanden in een droomtoestand alles maar over zich heen had laten komen. Waar een tientallen jaren oud plakboek al niet toe kan leiden! Ze handelde zo geraffineerd alsof ze een misdaad aan het voorbereiden was en zo voelde ze het ook, maar de drang om zo snel mogelijk terug te gaan en antwoord op haar vragen te krijgen overheerste alles. Ze wist dat ze alle mogelijke hulp van haar familie had kunnen krijgen. Papa zou zijn gaan bellen en schrijven en allerlei moeite doen, maar dat duurde allemaal te lang en het was te vaag en bovendien zouden ze haar beslist niet zonder meer hebben laten gaan. Toen haar vader later naar de Flying Doctor Service belde, wist men daar niets van Nuncia, wat geen wonder was, want ze had zich daar niet gemeld omdat ze er niets te zoeken had. En waar Jacko en Beulah waren gebleven kon men de heer Francke evenmin vertellen, maar Nuncia wist wel, waar ze haar trouwe huisvrienden moest zoeken. Ze hadden familie in Glen Helen, niet zo onbereikbaar ver van Coober Pedy en daar zouden ze gaan wonen, want ze wilden niet langer in Coober Pedy blijven wonen of voor de nieuwe dokter werken. Jacko was er niet van te overtuigen geweest dat het falen van de machine ook niet voor een deel aan hem te wijten was geweest en Beulah, die Nuncia vanaf het begin had begeleid, had zonder meer intens verdriet over het uiteenvallen van het gelukkige jonge gezin. Zo liep voor de mensen thuis het spoor meteen al dood, omdat Nuncia noch in Alice Springs noch in Coober Pedy kwam maar regelrecht naar Glen Helen reisde. Beulah en Jacko geloofden hun ogen niet, toen Nuncia daar opeens in hun kleine kamer stond.

„Wat een geluk, dat we je terugzien... het is nog steeds zo moeilijk. Jacko is er door veranderd... hij kan niet meer vrolijk zijn!"

Beulah wreef de tranen uit haar ogen. „Het was ook zo erg… en dat jij opeens wegging met Cindy… waar is Cindy eigenlijk… is alles goed met haar?"

In de verwarring en vreugde van de eerste uren vroegen de mensen zich ook niet af, met welk doel Nuncia was gekomen. Achter een vliegtocht van drieëntwintig uur schuilt meer dan een vluchtig bezoek maar de mensen vroegen niets en lieten het aan Nuncia over. Nuncia bleef bij hen logeren en Beulah begon bedrijvig rond te draven.

„We hebben zo'n mooie logeerkamer," zei ze. „Maar al m'n familie woont hier en ik vind het zo jammer, dat de logeerkamer nooit wordt gebruikt. Nu vind ik het wel prettig, want jij bent de eerste… en het is een heel mooie kamer."

Dat was Nuncia met haar eens. Beulah had een schitterende logeerkamer, die niet paste bij de rest van het eenvoudige huisje.

„Ik hoopte, dat je ooit zou komen logeren," bekende Beulah. „En dacht, dat ik het moest doen zoals jij mooi zou vinden… het was echt een droom, want ik heb nooit kunnen vermoeden, dat je terug zou komen en dan zo snel… we genieten er zo van maar we begrijpen wel, dat er meer achter steekt dan een gewone logeerpartij."

Nuncia keek met vertedering naar de grote foto, die op het kastje in de zitkamer de ereplaats had, een foto van Haio, Nuncia en de destijds een halfjaar oude Cindy.

„Ja, die reden is er," zei ze en ze keerde zich naar Jacko en Beulah, die haar aan zaten te kijken, rustig wachtend tot ze zou gaan praten. „Naar wie kan ik beter gaan dan naar jullie. Je weet alles, ik hoef niets uit te leggen en dat ik kort na Haio's ongeluk zo suf was, dat er nauwelijks iets goed tot me doordrong weet je ook. De eerste tijd bij mijn ouders thuis was niet veel beter. Ik weet er zo weinig van, het bleef allemaal zo onwerkelijk, alsof de hele wereld veranderd was… een lege plaats…"

Ze vertelde hoe ze Cindy, op aandrang van 'thuis' zelf wegbracht naar schaatsles en daar met Donata Veres in gesprek kwam.

„Ze moet wel dol zijn geworden van mijn gezeur over dat ongeluk van vroeger." Nuncia lachte voor het eerst even, een schaduw van haar vroegere lach. „Ik vermoed, dat ze ten slotte uit

louter wanhoop dat oude plakboek van haar familie mee-
bracht... het had zoiets van: Lees en houd verder je mond erover! Ze is heel lief hoor, dus ze zei het niet maar ik begreep het
wel. Ik heb gelezen... en gelezen... de hele nacht door, want het
was een enorm plakboek. Tegenwoordig doen ze alles, zelfs de
meest schokkende gebeurtenissen af, met één groot artikel...
eventueel... het kan ook een kléin artikel zijn en dan doet zich
weer iets schokkends voor en niemand heeft meer aandacht
voor dat 'oude' verhaal. Maar vroeger werd er dagen en weken
aandacht besteed aan bijzondere gebeurtenissen, dus dat was in
het geval van Donata's vader heel veel. Mijn aandacht was heel
écht... oud verhaal of niet... dat deed er niet toe, ik kon weer
denken, zonder dat er telkens een mist... of een wattenprop......
of hoe je het noemen wilt... voor mijn geest zweefde. Ik kwam
tot de ontdekking, dat ik nog lééfde en ik begon bewust over het
ongeluk van Haio te denken... ja... en toen was er geen houden
meer aan. Jacko, wat ik allereerst wil weten is dit: De machine
was niet méér dan een uitgebrande hoop... zijn ze er werkelijk
dichtbij geweest? Het terrein daar in de bush was veel te klein
om te landen, daardoor is Haio's noodlanding mislukt. Zo is het
toch gebeurd?"
„Jazeker, zo is het gebeurd, hij heeft zich te pletter gevlogen. Het
vliegtuig dat is gaan zoeken kon daar evenmin landen maar het
heeft heel laag gevlogen, is er tenslotte van overtuigd geweest...
voor de volle honderd procent... dat heel de zaak was uitgebrand en zwartgeblakerd... ik weet dat het vreselijk klinkt, maar
zo is het wel gegaan. Het is daar nagenoeg ondoordringbaar."
„Waar is de dichtstbijzijnde landingsstrip?" vroeg Nuncia peinzend. „Ik meen dat ik het weet, maar zeg jij het mij zo duidelijk
mogelijk." Jacko haalde een oud kaartje te voorschijn, hij had
daarop aangetekend waar het toestel was neergestort en hij
wees op de plaats waar de landingsstrip moest zijn.
„Bossen, bossen niets dan een mantel van groen," mompelde hij
en duwde met een gebaar van weerzin de kaart van zich af. „Het
zou zeker drie dagen trekken door de dichte bossen hebben
gevraagd om daar te gaan kijken... het had geen zin, begrijp je?"
„De resten van het toestel liggen er dus nog net zo?" Nuncia trok
de kaart weer naar zich toe, haar nachtzwarte ogen waren dwin-

gend en als Nuncia zo keek, dan ging het dwars door je heen, dat wisten Jacko en Beulah maar al te goed.

„Ja… ja, dat denk ik wel. Wie zou er geweest moeten zijn? Dat kan toch helemaal niet." Jacko voelde zich slecht op zijn gemak. „Die open plek is dus Haio's graf… ik vind het toch wel schandalig, dat niemand er echt gewéést is… dat ze alleen rondjes hebben gedraaid en geconstateerd hebben dat de heleboel was uitgebrand en niemand dit kan hebben overleefd… ze hebben geen moeite gedaan om de… de resten te zoeken… hoe weinig ook… en ter plekke te begraven? Dat is destijds absoluut niet tot me doorgedrongen… en jullie wisten dat ook? Ja… wat drong er eigenlijk tot me door… ik heb vastgehouden: de lui die gezocht hebben zijn daar geland… en, en… tot ik ging nadenken… weer kón nadenken… door dat oude plakboek: Waar zijn ze dan geland, dacht ik… kon dat dan op diezelfde plaats terwijl Haio zich te pletter heeft gevlogen? Of hebben ze de naaste landingsstrip benut en zijn ze vandaar uit te voet verder gegaan… Ja, zoals nu blijkt… dagreizen ver… en dat zat er niet in, hè? Wat er van Haio over was kon daar wel blijven liggen… in de outback… voorgoed afgedaan… waarom zou je daarvoor dagen en dagen door de bush worstelen? Ik weet niet wie hier de schuldige is… altijd de ongrijpbare 'Van Hogerhand'… en iedereen verschuilt zich achter iedereen. Daarom heeft het geen zin nog te gaan klagen. Wat een onschuldige wereld toch… níemand weet ooit iets van kwade plannen maar de wereld stort bijna in elkaar… ze maaien met een bom honderden onschuldige mensen neer… waarvoor? Om een 'betere wereld' te scheppen?… Dat kan niet… dat kan nooit over een pad van bloed en verdriet… zo is het in het groot én in het klein… want wat betekent mijn persoonlijke drama? Voor een vreemde toch níets!"

Nuncia was razend, de tranen liepen over haar gezicht en ze stond daar met gebalde vuisten. „Ik weet, waarover ik praat… waar is heel m'n familie gebleven… m'n vader? Het enige geluk dat ik ooit heb gekend was thuis, bij Esmé en haar ouders… en de vijf jaren met Haio… en als hij dan verongelukt dan laten ze zijn overblijfselen onder zijn vliegtuig liggen… ik word er doodziek van!"

„Jacko hoort niet bij de… bij de onverschilligen," zei Beulah, ze legde haar handen op Nuncia's schouders en schudde haar door elkaar. „Wat kon hij, een eenvoudige monteur en huisbediende... wat kon ík eraan doen? Denk je, dat het ons niet vreselijk heeft dwarsgezeten, maar had het geholpen als we jou, terwijl je op het punt stond, om geestelijk te bezwijken, er mee hadden lastig gevallen... je zág het zelf gewoonweg niet... maar we waren bang voor de dag, dat je zou gaan beseffen dat er iets niet klopte. Er is nou niets meer aan te doen."

„O jawel... waarom dacht je dat ik hier ben? Niet alleen om te horen, dat het waar is, wat me duidelijk is geworden toen ik weer goed kon nadenken. Jacko... weet jij iemand die over een klein vliegtuig beschikt? Jij kent die mensen waarschijnlijk wel, ik herinner me heel goed, dat jij al die lui met naam en toenaam kende. Ik wil goed voor die vlucht betalen maar ik wil er naartoe, ik wil mee, dat is de voorwaarde, snap je?"

Nou, Jacko snapte er niets van en dacht waarschijnlijk in die eerste minuten, dat Nuncia dan eerst wel maandenlang heel afwezig was geweest, maar dat ze nu beslist niet goed wijs meer was.

„'n Ander kan daar in de wildernis net zo min landen, dat vergeet je," stotterde hij na eerst enkele malen als een vis op het droge naar adem te hebben gehapt.

„Nee, maar op een andere strip... dat kan toch wel," hield ze koppig aan, ten slotte was ze niet hierheen gekomen om zich meteen uit het veld te laten slaan.

„Ja, mijn lieve mens, maar als je dáár bent geland, moet je nog eens een paar honderd kilometer door de bush, daarom hebben de zoekers het destijds ook laten afweten, dat is 't probleem toch juist. Beulah... zeg jij eens, dat ze... dat ze... gék is... dáár dan!" Beulah zei niets, zij was altijd de rustigste van de twee. Op dat ogenblik leek Jacko meer dan ooit op een heel boze en opgewonden tuinkabouter.

„Dat kan me niets schelen en ik wil natuurlijk niet alleen gaan. Jij kunt toch wel voor een paar betrouwbare mannetjes zorgen, die me kunnen gidsen en... eh... en helpen? Daar kun je wel voor zorgen. Ik weet het zeker, Jacko... toe nou, Beulah... ik vraag dit niet voor de grap, omdat ik behoefte heb aan avonturen. Ik vind geen rust meer als jullie me niet helpen en al moet ik in m'n eentje door de bush kruipen… ik ga toch… ik gá."

„Je gaat níet… je bent gek…"

Jacko liep krijsend de kamer uit en Beulah trok alleen haar wenkbrauwen op.

„Hij komt wel terug," suste ze en ze legde haar arm om Nuncia's schouders. „Ik snap best, dat hij ervan schrikt… het is me ook nogal wat. Ze zouden je bij je thuis ook liever met tien kettingen aan een stoel hebben gebonden als ze geweten hadden wat er in dat kopje van je omging. Laat de zaak nou even betijen en eet je zakdoek niet helemaal op van de zenuwen… geef hier dat ding! Als jij in het begin had kunnen huilen… ik weet het niet, maar ik geloof, dat je dan niet in die mist terecht was gekomen… dan zou je niet zijn weggelopen en had jij… en wij ook… meteen andere maatregelen kunnen nemen, maar nu is het eenmaal zo gelopen en als Jacko niet bijdraait dan zou ik niet weten hoe je het voor elkaar moet krijgen."

„Nee, ik ook niet," gaf Nuncia neerslachtig toe. „Maar ik heb wel vertrouwen in Jacko, hij schreeuwt wel hard maar hij smelt gauw."

Ze zagen Jacko heel de middag niet meer terug. Beulah zei somber dat hij het waarschijnlijk op een drinken had gezet, dat deed hij uitsluitend als hij boos was. Tegen zeven uur stommelde Jacko binnen, weliswaar niet dauwfris maar toch ook niet echt dronken. Hij had de tijd in de pub goed gebruikt want hij gaf met enige plechtigheid te kennen: „Het is me voor heel veel geld gelukt om Cochran te strikken. Hij brengt je tot het punt waar hij kan landen en daarna zoek je het zelf maar uit… zegt hij… en hij komt je dan een… een aantal dagen later weer ophalen… voor véél geld, hoor!"

„Ja ja, dat weten we," smoorde Beulah het betoog. „Maar Nuncia kan vandaar uit niet alleen de bush in, hoe kom je dáár nou bij? Jij kunt niet mee, ten eerste ben je te oud en ten tweede weet je de weg niet. Ze moet een echte gids hebben."

„Hou jij nou je mond eens even." Jacko wuifde alsof hij naar een lastige vlieg sloeg. „Ik heb zelfs die twee gidsen van die ouwe prof… hoe heette die ook weer… te pakken gekregen… je weet wel, die Duitse ontdekkingsreiziger of zoiets… die altijd in de bush en in de stenen zat te wroeten… Sigismund-of-zo…"

„Jaja... die prof interesseert me niet maar doen de gidsen het?" vroeg Beulah ongeduldig. „En zijn ze goed en betrouwbaar?"

„De ene wel... de andere niet want die is dddóód!" mompelde Jacko somber.

Waaruit bleek dat Jacko zijn dag in twee opzichten niet werkloos had doorgebracht, hij had heel wat rondjes moeten geven en zichzelf evenmin vergeten, maar Nuncia was hem zielsdankbaar en had hem graag geknuffeld, als hij niet zo'n penetrante dranklucht had verspreid.

Het belangrijkste deel was gewonnen maar aangezien het natuurlijk niet kon zijn instappen en wegwezen, moest er nog wel een en ander gebeuren. Er moest allereerst een uitrusting worden gekocht, een tent, want, zoals Jacko cynisch opmerkte, ze kon moeilijk de nacht in de bush doorkomen, door zo maar ergens te gaan liggen. Zo wijs was ze zelf wel maar ze nam zijn gemopper voor lief, omdat zijn hulp onschatbaar bleek te zijn. Of de piloot Cochran en de gids Gundagai, een destijds naar de stad verdwaalde Aborigine, haar ook voor een gefrustreerd mens aanzagen, wist Nuncia niet, ze waren beiden erg zwijgzaam. Al te moeilijk vonden ze hun opgave niet en het bracht beiden een niet te versmaden som geld op. In de bagage gingen vuurpijlen mee.

„Voor als jullie ondanks Gundagai in moeilijkheden komen," legde Cochran uit. „Ik ben er tijdig maar ik laat nooit iets aan het toeval over en ik wil nog even zeggen dat ik je een enorme doordouwer vindt, mevrouw Toussaint, maar dat ik daar toch bewondering voor heb. Jacko heeft echt voor je gevochten... en nou mag ik nog een boon zijn als ik snap waarom je bij die schroothoop wilt gaan kijken. Het zal geen prettige ervaring voor je zijn, realiseer je je dat wel heel goed?"

„Je moest eens weten wat ik me allemaal realiseer," gaf ze ten antwoord en de donkere ogen waren zo triest, dat het de harde Cochran ontroerde. „Maar ik laat... dat wat er over is van mijn man toch niet als een hoopje... iets dat afgedaan is... dáár liggen. Al ga ik er zelf aan onderdoor maar ik doe er iets aan, andere mensen kunnen naar een graf... ik niet. Ik ben niet roekeloos maar gevaar zegt me niets meer. Het is in ieder geval goed te weten, dat er iemand op de achtergrond waakt."

„Good luck… en hou die vuurpijlen in ere. Gundagai ken ik al jaren, hij is volkomen betrouwbaar, neem dat van mij aan."

Cochran keek de twee mensen na, met duizend twijfels in zijn hart. Gundagai liep ook heel doelbewust en toen Nuncia daar tijdens een korte pauze haar verwondering over uitsprak zei hij kalm: „Het mag een beetje afgesleten zijn door mijn lange verblijf in de stad, maar het instinct en de wijsheid om te overleven onder moeilijke omstandigheden, die de Aborigines kenmerkt, zijn er ook bij mij nog steeds en ze worden met de minuut sterker."

„Je moest eens weten hoe gelukkig ik daarmee ben. Jij, mijn kompas en de vuurpijlen zijn voor mij de drie grote veiligheden en verder wil ik niet denken."

Nuncia sloeg naar een insect, dat op haar arm wilde gaan zitten en zei nijdig in het Hollands tegen het insect: „Vooruit, smeer 'm… ga bij je moeder voor de deur spelen!"

Misschien dacht Gundagai dat het een zegenwens was, want hij lachte en knikte dankbaar.

De nacht in de door Gundagai opgezette tent behoorde niet tot Nuncia's prettigste ervaringen maar bang was ze niet en Gundagai waakte. De ondefinieerbare nachtgeluiden uit het oerwoud hielden Nuncia wakker. Wat haar wel beangstigde was de vraag of er slangen en spinnen in de buurt waren, ondanks Gundagais verzekering, dat het tentje uit één geheel bestond en als een doosje om haar heen paste en hij alles nog eens extra had gecontroleerd. Nuncia kroop huiverend ineen maar nadat ze de angstaanval te boven was en haar zenuwen weer in bedwang had, probeerde ze zich toch te ontspannen. Ze had zich fatalistisch voorgenomen nergens bang voor te zijn en gevaar… nou, dat moest dan maar komen. Als God wilde, dat ze haar missie volbracht dan zou ze ook wel niet belaagd worden door giftige slangen en dito spinnen. Je hebt al méér meegemaakt, Nuncia, een rustig leven is voor jou blijkbaar niet weggelegd! Ze sloot haar ogen en begon schaapjes te tellen maar schaapjes vormden een nogal onwezenlijk beeld in deze omgeving en gooide zich kreunend om en op dat ogenblik kwam heel zacht en rustgevend de stem van haar begeleider: „Gundagai waakt… niets om bang voor te zijn!" Daarop viel Nuncia in slaap.

Na een moeilijke tocht van enkele dagen bereikten ze tegen de middag de open plaats in het bos en Nuncia voelde zich niet goed worden, toen ze de verwrongen hoop staal zag, haar maag kromp ineen en de wereld begon rond haar te tollen.

„Ik voel me zo beroerd… zo misselijk…" kreunde ze.

Gundagai gaf haar een bekertje water.

„Het komt er nu op aan," zei hij. „Probeer sterk te zijn. Als u niet dichterbij durft, dan doe ik het wel. Wacht maar."

Met de beste wil ter wereld en al haar moed kon Nuncia het op dat ogenblik niet opbrengen om dichterbij te gaan, ze zat op de grond, met haar armen om de opgetrokken knieën en staarde ingespannen naar Gundagai, bang voor het ogenblik dat hij zou zeggen, dat hij Haio had gevonden maar er gebeurde niets en nadat Gundagai zeker een halfuur had rondgekropen tussen de wrakstukken van het toestel, kwam hij naar Nuncia terug, met een heel wonderlijke uitdrukking op zijn donkere gezicht. „Ik kan niets vinden dat op een mens lijkt, alleen maar ijzer, hout, verbrande stoelen… verwrongen buizen… maar geen méns!"

Nuncia kwam haastig overeind. „Gundagai hoe kan dat nou? Het vliegtuig is toch niet door een spook gevlogen maar door mijn man! Ik kan dit niet begrijpen… ik ga met je mee!"

Ook het tweede onderzoek leverde niets op en Gundagai kwam tot de aanvaardbare conclusie, dat Haio met een enorme klap ergens ver weg in de bush was geslingerd en daar was werkelijk geen zoeken naar. Dat begreep ze toch wel? Nuncia had het gevoel alsof ze een vreselijke klap op haar hoofd had gekregen. Ze ging op de grond zitten omdat haar benen haar niet langer wilden dragen.

„Waar ben ik aan begonnen, hè?" vroeg ze. „Nou is het nog erger."

Daar was Gundagai het niet mee eens.

„Nee," zei hij heel beslist. „De val moet hem gedood hebben maar u weet nu, dat hij niet is verbrand… laat de groene bush dan zijn graf zijn."

Nuncia keek naar hem op, de tranen rolden over haar wangen.

„We zullen morgen terug gaan. We moeten nu rusten. Ik hoop, dat u het niet akelig vindt om op dit punt te slapen?"

Nee, dat vond ze niet erg, zei Nuncia. Ze wilde het de trouwe

Gundagai niet nog moeilijker maken door te bekennen, dat ze het verschrikkelijk vond en het wel uit zou willen schreeuwen van ellende. Ze sliep dan ook niet en midden in de nacht hoorde ze Gundagai, die zich blijkbaar snel bewoog, ze hoorde takken ruisen en stemmen... stemmen? Hoe kon dat nu?

Ze kroop de tent uit en zag Gundagai, die geruststellend wenkte, tezamen met een schaars geklede Aborigine, kennelijk uit de bush gekomen maar heel rustig en zonder kwade bedoelingen. Gundagai fluisterde haar dit toe maar dat zag ze zelf ook wel.

Wat de bedoeling van het bezoek was, begreep ze niet. Misschien nieuwsgierigheid, dacht ze, maar Gundagai luisterde ingespannen naar de man uit het bos.

Gundagai was een rustig man en hij voelde aan, dat hij terwille van Nuncia, die natuurlijk toch al nerveus was, geen opwinding mocht tonen. Hij beduidde de Aborigine, dat hij moest wachten en zelf liep hij naar Nuncia toe.

„Deze man komt met een heel vreemd verhaal," zei hij zo kalm als hem dat mogelijk was. „Hij komt telkens weer hier, waar het vliegtuig ligt, omdat, zoals hij zegt, er toch wel eens ooit iemand zal komen kijken bij het toestel. Hij heeft vanaf het ongeluk deze plek in de gaten gehouden, hij leeft diep in de bush maar komt hier telkens terug, maar er kwam in al die maanden niemand en dat vond hij wel vreemd. Miste dan niemand de man die het toestel bestuurde? Die man daar is van een stam die heel diep in de bush leeft en geen contacten heeft met de buitenwereld. Op de dag dat het vliegtuig neerstortte waren ze heel ver van hun woonplaats, om bijzondere planten te zoeken voor hun medicijnen. Ze zijn zich natuurlijk een ongeluk geschrokken van het neerstorten en zoals ik al heb gezegd, de piloot is eruit geslingerd, praktisch vlak voor hun voeten. Ze hebben 'm meegenomen, hij was natuurlijk meer dood dan levend. Ik weet niet in hoeverre u zich illusies kunt maken maar de kans bestaat, dat uw man nog in leven is... maar dan ergens heel ver in de bush. Hij schijnt er zo slecht aan toe te zijn geweest... is dat nog... dat er van boodschappen sturen geen sprake was... ik zei al, dat daarom deze man, hij heet Towamta, hier steeds een kijkje komt nemen. Deze keer met succes en hij is heel blij, zegt hij."

Toen hij uitgesproken was streek zijn onverschrokken lastgeefster, die al zoveel had doorstaan in haar leven, het vaantje en zakte aan Gundagais voeten in elkaar... een klein hoopje moedig mens. Towamta gaf aan Gundagai een vreemd bamboe kokertje, de toverdrank die hij op zijn verre tochten door het oerwoud altijd bij zich droeg en die overal goed voor was. Gundagai, zelf van origine Aborigine, aarzelde niet en Nuncia kwam weer bij, al zou ze misschien gegriezeld hebben als ze geweten had uit welke ingrediënten de toverdrank bestond, waarvan Gundagai enkele druppels in haar mond had laten lopen.

„Gundagai, ik heb het niet gedroomd, hè? Vraag aan die man of ze de zieke, wie het dan ook is hierheen kunnen brengen. Ik durf niets te geloven... ik weet niet, wat ik mag geloven... vraag het!"

„Dat kan niet," deelde Gundagai mee na ruggespraak met Towamta. „Hij loopt nog heel slecht omdat hij alles had gebroken wat je maar kunt breken... hij heeft zeker een maand niet geweten, dat hij nog leefde."

„Vraag hem dan wat we doen moeten," smeekte Nuncia. „Wie het dan ook is... want ik weiger te geloven dat Haio leeft vóór ik oog in oog met hem sta... die patiënt moet toch uit het oerwoud en hoe moet dat dan gebeuren?"

Na een lang en intensief gesprek, overigens ook met handen en voeten, berichtte Gundagai dat 'ergens' achter de plaats waar de stam van Towamta huisde, een groot open stuk was, waar een machine wel zou kunnen landen, met enig risico.

„En nu weet ik niet meer wat we verder moeten doen." Nuncia die zich tot nu toe overal had doorgevochten wist het opeens niet meer, er kwam te veel op haar af. „Ik ben doodsbang, dat we Towamta kwijtraken als we beiden teruggaan naar de landingsstrip waar Cochran komt. We vinden Haio nooit meer terug als we Towamta kwijtraken en we hebben weinig keus. Of ik moet alleen terug naar Cochran en dan heb je kans dat ík verdwaal, of jij moet alleen terug en je moet mij achterlaten. Ik ben bereid om alles te doen maar ik kan absoluut niet met Towamta praten. Een pijl afschieten heeft ook geen zin, want dan weet Cochran niet wat er bedoeld wordt, hij kan ons niet zo maar bereiken. Ik weet hier echt geen raad op. Het liefst zou ik zonder meer met Towamta meetrekken... dat durf ik best."

„Ja, maar dat gebeurt niet en als ik ook meetrek, dan weet Cochran weer niet wat er aan de hand is als we niet op tijd terug zijn. Hou je taai... en ga niet huilen. Ik verzin er iets op, maar laat me rustig denken!"

Gundagai vond inderdaad de oplossing. Na veel gepraat kreeg hij Towamta zover, dat deze met hen mee terug naar het vliegtuig zou gaan, vandaar zou hij in de grote vogel mee mogen vliegen naar zijn woonplaats en Towamta was jong, nieuwsgierig en avontuurlijk, dus hij wilde wel. Hij vond namelijk Gundagai, van oorsprong Aborigine, zoals hij nu was een soort wonder en als híj in de vogel vloog, dan durfde Towamta dat ook wel.

Op de terugweg tijdens een korte rust, vroeg Nuncia aan Gundagai, hoe hij van zijn volk in de bush was afgeraakt.

„Dichterbij de bewoonde wereld," zei Gundagai droog. „Aborigines zijn kunstenaars... sommigen... velen... zo ben ik in de stad gaan werken... schilderen... muurschilderingen. Met geld dat ik nu verdien kan ik atelier huren... maar ik had toch geholpen... dat is zeker." Voor Nuncia was Gundagai zijn gewicht in goud waard en ze zou hem haar levenlang dankbaar blijven.

Cochran kwam het kleine gezelschap tegemoet rennen. Nuncia maakte een dodelijk vermoeide indruk.

„Cochran, ik weet niet wat ik geloven moet... het is zo vreemd... zo wonderlijk gegaan... ik ben doodop... ik kan niet meer. Laat mijn goede vriend Gundagai het vertellen, ik ben er niet meer toe in staat. Ja... Towamta maakt deel uit van het verhaal..." Nuncia sloot haar ogen, ze kon echt niet meer, ze zei alleen zwakjes: „Cochran, de extra vlucht betaal ik natuurlijk apart, maar vlíeg alsjeblieft, ik smeek het je."

„Ik vlieg en je betaalt het niet extra," zei Cochran kortaf. „De hemel mag weten wat je vindt, daar diep in de outback. Ik heb wel de indruk dat ze bij Towamta's stam die verongelukte man in de maanden die voorbij zijn gegaan redelijk opgekalefaterd hebben, die lui hebben zoveel geheime middelen... het zijn natuurmensen... wij hebben er geen idee van. Ik vind het ronduit schitterend dat Towamta almaar om die ongeluksplaats is blijven draaien in de hoop, dat er ooit eens iemand naar hun gast zou komen zoeken."

Nuncia sliep die nacht niet, Towamta waarschijnlijk ook niet,

145

want bij het zien van de vogel waarmee hij de lucht zou ingaan was de angst hem toch nog om het hart geslagen.

„Zorg er in vredesnaam voor, dat hij er vannacht niet in paniek vandoor gaat," smeekte Nuncia. „Als dat gebeurt vinden we nooit waar hij thuishoort en kan je wel zeggen dat de man die ze verplegen niet meer in de bewoonde wereld komt. Ik tob gewoonweg te veel en dan denk ik weer: Stel dat Cochran onderweg brandstof nodig heeft want het schijnt ver weg te zijn… en zo maalt er van alles door m'n hoofd. Ik ben zo vreselijk onrustig, zo gespannen."

„Cochran weet het natuurlijk, hij maakt een omweg om te tanken," suste Gundagai, haar steun en toeverlaat.

Er gebeurden verder geen opzienbarende dingen, die gebeurden alleen in Nuncia's brein en in haar hart. Towamta bleek een goede gids te zijn, maar Nuncia wist zeker, dat ze, zonder haar scherpe intuïtie en alle hulp die ze gekregen had, nooit te weten zou zijn gekomen, dat Haio nog leefde, want daar was ze intussen van overtuigd geraakt. De landingsbaan waarover Towamta had gesproken bleek mee te vallen en Cochran landde er moeiteloos. Het werd een drukte van belang rond het vliegtuig en de gasten. Towamta was natuurlijk de held. Nuncia hoorde het allemaal alsof het ver van haar was en haar niet aanging.

De Aborigines hadden voor hun zieke gast een platform gemaakt, overdekt en tamelijk hoog van de grond… en daar zag Nuncia na bijna een half jaar haar man weer… een vreemde, heel magere figuur met ogen die te groot voor zijn gezicht waren, een gezicht dat omringd werd door een lange baard, ook zijn haar was heel lang gegroeid, Hij sloeg zijn ogen op en keek Nuncia aan. Voor de man die de dood in de ogen had gezien en tot het leven was teruggekomen in de afzondering van de bush bij een stam, die zo diep in de outback leefde, dat zij verder geen contacten met de buitenwereld onderhield en die had gewanhoopt moest Nuncia een droombeeld zijn… geen werkelijkheid.

„Haio… Haio! Ik ben het… Nuncia… je doet alsof je me niet ként… ik ben het werkelijk. Dacht je, dat ik het zo maar opgaf?"

„Annunciata!" Hij strekte zijn hand naar haar uit en de hand, die zich om de zijne sloot was levend en warm. Voorzichtig boog ze zich over hem heen en legde haar wang tegen de zijne, ze wist ten slotte niet hoe zijn toestand was en of een aanraking hem pijn deed, nadat volgens Towamta's door Gundagai vertaalde verhalen, letterlijk alle botjes gebroken waren geweest. Zijn conditie kon niet goed zijn. Met de armen om elkaar heen geslagen huilden ze samen, beiden hadden maanden geleden in hun hart al afscheid genomen van elkaar maar het lot had een kleine aanwijzing in Nuncia's handen gespeeld. De verhalen over verdriet, eenzaamheid en over het ongeluk kwamen veel later, stukje bij stukje maar op dit ogenblik was er maar één ding belangrijk: Bij elkaar te zijn, opnieuw een kans te hebben om samen opnieuw te beginnen en verder te gaan.

„Het is geen noodlot... het is voorbeschikking... is het niet heel vreemd, dat een vliegtuigongeluk dat zo lang geleden heeft plaatsgevonden voor mij de schakel werd om weer te denken en te handelen en me niet langer te laten leven alsof ik niet écht bestond... niets voelde... nergens bij nadacht... o, Haio..." Ze streek langs zijn haar en baard en voor het eerst kon ze even lachen. „Je ziet er zo woest uit met dat lange haar en die baard... maar ik herkende je meteen, ook al ben je gruwelijk mager geworden en besta je alleen uit grote ogen en lange haren. Je moet zo gauw mogelijk naar het ziekenhuis. Zonder de mensen hier leefde je niet meer maar ik denk, dat ze nu niets méér voor je kunnen doen."

„Ik heb nog steeds het gevoel, dat ik in de hemel ben... een hemel, waar ik eindelijk mijn Nuncia weer heb teruggevonden. Ik weet weinig meer van het ongeluk. Ik dacht: Ik haal het niet meer... en ik moet, ver van het brandende vliegtuig, door de lucht zijn gevlogen en voor Towamta's voeten in de bush zijn neergevallen als een aangeschoten vogel. Hoe hij me hier gekregen heeft weet ik ook niet, natuurmensen kunnen heel véél, ze hebben de kunst van overleven bij hun geboorte meegekregen, daardoor hebben ze mij er doorheengehaald... ongelooflijk maar de waarheid is het wel."

Uitgeleide gedaan door heel de stam Aborigines vertrok Haio de volgende dag en hoe moeilijk en vreemd de maanden waren geweest, hoe lang en uitzichtloos ook, deze mensen waren zijn vrienden geworden, die hem met eindeloos geduld en met hun wonderlijke, geheime medicijnen gered hadden.

„Was iedereen maar zo als jullie!" mompelde hij, toen hij voor het laatst groetend zijn hand opstak. „Vaarwel... mijn Aborigines, mijn vrienden!"

Jacko en Beulah waren buiten zichzelf van geluk en Jacko gaf toe, dat Nuncia lang niet zo'n dwaas was als hij gedacht had en dat er met intuïtie en de kleine pionnetjes in het leven niet te spotten viel. Na een zeer grondig onderzoek in het ziekenhuis werd Haio's toestand goed genoemd, maar zijn linkerbeen zou altijd wel min of meer blijven slepen.

„Als dat alles is, heb ik er vrede mee," zei Haio die het in zes lange maanden had afgeleerd zich al te druk te maken over zaken die je gewoon moest aanvaarden. „Mijn carrière als vliegende dokter is daarmee in ieder geval beëindigd."

„Daar ben ik allesbehalve rouwig om," zei Nuncia uit de grond van haar hart en ze sloeg haar armen om Haio heen. „Ontdaan van al die woeste haren vind ik je toch mooier... hoewel te mager."

Ze verlangden beiden natuurlijk sterk naar Cindy maar Nuncia en Haio spraken met opzet niet te veel over haar en ook niet over de familie. Deze eerste weken samen waren voor hen alleen en voor niemand anders, ze doken onder in een verrukkelijke korte vakantie en reisden samen naar het Kakadu National Park, ongeveer tweehonderd kilometer ten oosten van Darwin. Daarna gingen ze afscheid nemen van Jacko en Beulah, van Cochran en Gundagai, vier mensen die een belangrijk aandeel hadden in de reddingsoperatie, ze wisten dat het een afscheid voor lange tijd zou zijn.

„We komen terug... eens komen we terug!" zei Nuncia, toen het vliegtuig zich losmaakte van de aarde.

„Je hebt me niet alleen verdriet gedaan maar ook heel veel geluk geschonken, Australië... en je hebt me teruggegeven wat je me eerst hebt afgenomen... tot ziens!"

HOOFDSTUK 9

Mevrouw Bankers was overgekomen uit Amerika om het huwelijk van Martijn en Esmé bij te wonen. Martijns vader kon niet meekomen, omdat een bedrijf nu eenmaal niet in de steek kan worden gelaten. Cindy kon het best met deze nieuwe oma vinden maar deze oma deed, heel diplomatiek, geen moeite om de eerste plaats te veroveren en zo 'de andere oma' op het tweede plan te schuiven. Ze wist nu, wat er met Nuncia was gebeurd, voor zover de familie dit zelf wist en dat was nog steeds niets.

Het had geen zin om het huwelijk langer uit te stellen, omdat Martijn binnen een maand terug zou gaan naar Amerika en niet van plan was zonder Esmé terug te gaan. Met Cindy waren de moeilijkheden nog niet van de baan, ze wist namelijk niet wat ze wilde: Bij oma en opa blijven of meegaan met Esmé en Martijn en de 'andere oma'. Ze was gauw uit haar evenwicht, huilde veel en kreeg driftaanvallen. Ze hield heel veel van iedereen maar ze wilde zo graag haar eigen vader en moeder terug en waarom zei nou niemand eens ronduit wanneer ze terugkwamen en waarom het zo lang duurde? Ze wilde niet meer naar balletles want daar had ze ruzie gehad met een meisje dat had gezegd: „Jouw moeder komt natuurlijk nooit meer terug en jij laat je alles wijsmaken, zegt mijn moeder."

Daarmee waren de poppen toen goed aan het dansen want Cindy eiste de waarheid en niets dan de waarheid.

„Jullie liegen allemaal!" gilde ze. „Waarom zeggen ze zulke dingen en waarom zeggen jullie niet, waar mijn mama is? Ik vind het zó gemeen van jullie… zó geméén."

Ze sloeg naar iedereen die haar wilde vastpakken, tot Martijn haar in een stevige greep nam en streng zei, dat ze rustig moest luisteren en niet zo te keer gaan. Omdat Martijn altijd lief voor haar was, schrok ze van zijn grote mond en ze gaf haar tegenstand op.

„Luister eens naar me, Cindy, de waarheid is, dat we op het ogenblik niet weten, waar je mama is. Dat is heel erg naar voor ons allemaal. We denken dat ze terug is gegaan naar Australië en ze heeft in een brief gevraagd of wij intussen heel goed op jou wilden passen omdat ze veel van je houdt. Mama had het heel

moeilijk door het ongeluk met papa en we zullen dus allemaal…
en ook jij… rustig af moeten wachten…"

„Tot ze terugkomt?" vroeg Cindy met een bevend stemmetje.

„Ja, tot ze terugkomt," bevestigde Martijn en hij dacht: Ik hoop
ook van ganser harte dát ze heel spoedig weer terugkomt. Cindy
aanvaardde het maar de volgende dag kwam ze heel ernstig bij
haar oma vertellen, dat ze niet mee wilde met Esmé en Martijn
maar werkelijk liever bij oma en opa op mama bleef wachten.
Hier had mama haar achtergelaten, zo dacht ze, en hier kwam
mama haar dan ook wel weer halen. Ze wist het nu heel zeker,
zei ze en van dit standpunt was ze niet meer af te brengen.

Esmé was het er nog niet mee eens, dat Martijn de waarheid had
gezegd. „Wat had je dan gewild, Esje?" vroeg Martijn en hij tilde
Esmés gezicht bij de kin op. „Nee, kijk me nou eens aan en pruil
niet. Had je haar opnieuw een sprookje op de mouw willen spel-
den? Ik heb het niet gezegd omdat ik Cindy liever niet mee zou
willen hebben want dit kon ik ook niet voorzien. Láát dat kind
toch, ze heeft haar eigen wil en er is al zoveel met haar
gesjouwd. Ze kan later altijd nog komen maar als ze zo graag nu
bij haar grootouders wil blijven omdat ze zich dan veiliger en
dichter bij haar moeder voelt, dan is dat toch alleen maar goed,
nietwaar?"

Esmé gaf hem gelijk, ze hield zoveel van Martijn, dat ze het kon
opbrengen om met hem weg te gaan naar het land waar ze totaal
niet naar verlangde en bovendien zat het haar vanzelfsprekend
heel erg dwars dat Nuncia niets van zich had laten horen. Hoe
zoiets mogelijk was begreep ze niet. Esmé leefde daardoor ook
beslist niet in de roze wolk, waarin aanstaande bruiden nog altijd geacht worden te leven. Ze had weinig belangstelling voor de
prachtige witte bruidsjapon, die mama had uitgekozen en alleen
maar Esmés instemming had gekregen. Wat haar aanging had ze
net zo lief in een oude zomerjurk getrouwd maar dat kon ze de
familie en zeker Martijn niet aandoen, dus bracht ze zoveel
enthousiasme op als ze kon en dat was niet veel. Martijns moeder zag het allemaal en probeerde ook met Esmé te praten. Het
stelde haar zo teleur, zei ze, dat ze Nuncia na al die jaren nog
steeds niet had teruggezien.

„Wij vinden dat ook heel erg," het antwoord kwam koel en vriendelijk maar meer ook niet. „Het loopt nu eenmaal allemaal heel anders dan ik het ooit had kunnen denken. Zo hebben we het zeker niet gewenst."

Esmé mocht mevrouw Bankers graag maar zodra er over Nuncia gepraat werd, klonk er bij Esmé toch een zekere rivaliteit door: Het mag dan uw dochter zijn maar ze hoort bij ons. Martijn, die daar vaak bij was maar er nooit iets van had gezegd, kon het ten slotte niet meer verdragen en op een avond, kort voor de trouwdag, toen ze samen met de hond waren gaan wandelen om de drukte in huis te ontlopen, begon hij er toch over, toen Esmé tamelijk geprikkeld informeerde waarom hij zo stil was.

„Wat moet dat nu eigenlijk met ons?" Martijn nam haar gezicht tussen zijn handen en wachtte tot ze ten slotte naar hem opkeek. „Je bent zo ongeïnteresseerd... zo zichtbaar ongelukkig en snel geïrriteerd... ik wil je zielsgraag, maar niet als je aarzelt en niet genoeg van mij houdt... niet, als je spijt hebt en hier wilt blijven. Ik weet wel, dat je voor mij koos, maar... zou je het wéér doen? Het mag misschien hard klinken maar je weet, dat ik zeg wat ik denk... een stukgelopen huwelijk is iets vreselijks... ik zit daar niet op te wachten en ik word bang... iedere dag méér... dat een huwelijk tussen ons geen kans van slagen heeft. Je trekt je terug, je sluit me buiten, je geeft me zelfs nauwelijks antwoord en dan nog zo geïrriteerd, dat ik vaak denk: Wat wil ze nou eigenlijk dat ik doe of zeg of zwijg? Zo gaat het niet langer, Esmé, zeg wat je werkelijk wilt. Ik erger me langzamerhand zo ontzettend aan je, dat het er op lijkt... dat ik... dat ik je niet meer kan uitstaan. Dat is geen goed begin en je kunt nu nog terug... als je wilt."

Esmé bleef heel stil staan en realiseerde zich, dat ze te veel had verlangd van de altijd goede, vriendelijke en tactvolle Martijn, die zo dol op haar was en waarop ze al haar ongenoegen en grillige buien, haar verdriet om Nuncia en haar angst om weg te gaan had botgevierd. Martijn had het vele weken moeten ontgelden en Martijn wenste niet langer met zich te laten sollen en zei haar dat in ronde woorden. Daar schrok ze van, hevig, alsof de grond onder haar voeten afbrokkelde. Ze kon nu natuurlijk kinderachtig en kwaad reageren door te zeggen dat hij kon vertrekken als hij er zo over dacht maar de woorden 'het lijkt er op, dat ik je niet meer kan uitstaan' dreunden als een noodklok door haar hoofd.

„En doe niet voortdurend zo minachtend tegen mijn moeder." Martijn liet haar los en keerde zich om, begon naar huis terug te lopen.

„Doe ik dat… doe ik lelijk tegen je moeder?" Esmé holde achter Martijn aan en greep hem bij zijn arm. „Maar Martijn, dat wil ik niet, ik vind haar lief, ik moet er alleen even aan wennen, dat Nuncia… als ze ooit terugkomt… voor zo'n groot deel van háár zal zijn. Ik ben jaloers… ik heb het moeilijk met zovéél… maar je moet me geloven als ik zeg, dat ik van jou houd… en wéér voor jou zou kiezen, zoals toen… geloof je me?"

„Ik geloof zeker, dat je het allemaal goed meent… Esje toch! Misschien is het goed als je niet begint met te verwachten dat de maan een Edammer kaas is en de wereld van suikergoed waarin wij tweetjes altijd wensloos gelukkig zullen zijn. We hebben tenminste al een en ander aan problemen en wanbegrip achter de rug…… zou het een gunstig teken zijn?" Martijn trok haar in zijn armen, tegenwoordig mocht dit van Boomer, die er maar bij was gaan zitten en wijsgerig keek naar het einde van de ruzie: Berouw van twee kanten, veel gefluister en geknuffel. Boomer ging er met een diepe zucht bij liggen met zijn neus op zijn poten want dit kon lang gaan duren, Hij mocht dan genoemd zijn naar een filmhond maar hij had niet de neiging zich overal mee te bemoeien, zoals de film 'Boomer', dus lag hij als een witte, wollige mat op het bospad, tot ze eindelijk naar huis gingen. Martijn en Esmé met de armen vast om elkaar heen. Boomer had eerst nog geprobeerd tussen hen in te gaan lopen maar had het troosteloos moeten opgeven, als hij had kunnen praten zou hij zeker hebben gezegd: „Dat die lui zo verstrengeld kunnen lopen zonder over elkaars voeten te struikelen, snap ik, als hond, niet!"

De laatste weken voor de trouwdag van Esmé en Martijn waren voor Esmé nog lang niet louter zonneschijn en feestvreugde, maar ze probeerde toch het anders en beter te doen, niet te veel te denken aan het komend afscheid en Nuncia, die van alles wat thuis gebeurde niets afwist, wat Esmé nog steeds niet kon aanvaarden.

Cindy zou het enige bruidsmeisje zijn, met een lange, wijde jurk

en een bloemenkransje in haar haren en ze was heel blij en opgewonden en holde naar beneden om Martijn te vertellen op de
morgen van de trouwdag, dat Esmé er zó mooi uitzag en dat zij
later, als ze ging trouwen, dezelfde jurk wilde dragen. Zo... dat
was vast besproken en ze had de lachers op haar hand, de span-
ning was gebroken. Esmé zag er schitterend uit in ruisende, wijd
uitstaande taftzijde, zonder sleep, maar met sluier en bloem-
kroontje.

„Als ik zeg, dat ik je mooi vind, klinkt dat afgezaagd en het drukt
ook niet uit hoe ik het werkelijk voel," fluisterde Martijn zijn
bruid in het oor.

Esmé lachte tegen Martijn, heel lief, heel teder en toch... haar
ogen gleden naar Cindy, die eruit zag als een mooi plaatje, en
zich heel blij en belangrijk voelde.

Het zou een heel stille, eenvoudige kerkdienst zijn in de kleine
dorpskerk, met alleen naaste familie en wat vrienden en kennis-
sen maar de zaak begon aardig uit de hand te lopen, toen het
halve dorp de kerk binnenstroomde om bruidje te kijken. Esmé
en haar 'Amerikaan' hadden vanaf het begin tot de verbeelding
van de mensen uit het dorp gesproken. Ze kregen waar voor hun
belangstelling want het bruidspaar was de moeite waard. De
organist had bij het binnenkomen van het bruidspaar het Veni
Creator ingezet. Het werd een mooie, rustige dienst, zonder speciale aangepaste wensen en het was een van de meest rustige,
gewone huwelijksmissen die een mens zich maar denken kan.
Behalve het bijzonder fraaie uiterlijk van de bruid viel er niet
zoveel bijzonders aan te beleven, geen nieuw ingelaste ceremo-
niën of wat dan ook en dat viel een beetje tegen. De bruid reikte geen rozen uit, ze had geen bijzonder lied of tekst gevraagd,
niets van dat alles... het was allemaal ouderwets degelijk en
gewoon en toch stond juist deze huwelijksmis in het teken om
ongewoon te eindigen, zo spectaculair als wellicht zelden zal
voorkomen.

Aan het begin van de dienst was de huwelijkszegen uitgesproken en waren de ringen gewisseld, de dienst ging verder en de
pastoor maakte aanstalten om het bruidspaar, dat op de gebeeld-
houwde stoelen had plaatsgenomen, toe te spreken. Cindy, het
enige bruidsmeisje, had ook een ereplaats op het altaar. Haar

stoel stond aan de rechterzijde dwars zodat zij het volle zicht had op het bruidspaar, de gasten en de hele kerk.

Behalve het gewone gehoest en geschuifel was het stil in de kerk en de wat eentonige stem van de pastoor drensde maar door. Opeens was daar het geluid van de kerkdeur die zachtjes open-geduwd werd maar hoe zacht ook, iedereen in de kerk kende het geluid van iemand die veel te laat komt en probeert zo onhoor-baar mogelijk binnen te sluipen. Waarschijnlijk dachten de meeste mensen: Dat is een late, die heeft zeker in het verkeer vastgezeten, dus die blijft wel achterin staan. Van de familie en de gasten vooraan keek ook niemand om, maar een kind kijkt naar alles wat beweegt en bovendien begon Cindy zich zoetjes te vervelen. Ze keek dus wel degelijk en op dat ogenblik ging er een schok door alle aanwezigen, de pastoor hield stil, want Cindy gaf een doordringende schreeuw, gooide haar boeketje weg, en begon het middenpad af te hollen.

„Mama... papa... máma... pápa..." Niemand die het had bijge-woond vergat ooit nog de indruk die het tafereel maakte. Op dat ogenblik begreep de bruid wat er geroepen werd en sprong van haar stoel op. Ze vergat, dat ze de bruid was, ze vergat haar omvangrijke kleding... en alle mensen die aanwezig waren en ze holde achter Cindy aan.

„Nuncia... Nuncia... Haio..." Voor Esmé en Cindy en voor Nuncia en Haio bestonden alle mensen rondom hen op dat ogen-blik niet. Ze klemden zich alle vier lachend en huilend aan elkaar vast.

„Hoe is het mogelijk... mèt Haio..." zei Esmé en Nuncia zei: „We kwamen thuis aan en daar zei de mevrouw die de boodschappen aannam, dat je vandaag trouwde... en ik wilde er toch bij zijn... en... Esmé..."

„Mama... pápa..." zei Cindy zielsgelukkig. „Gaan jullie niet meer weg?"

Haio boog zich naar zijn schoonzusje en kuste haar: „We hebben er hier met zijn viertjes wél een toestand van gemaakt. Ik zou maar teruggaan naar je man, hij weet ook niet wat er allemaal gebeurt."

„Wij wachten hier achteraan... tot dadelijk." Ze schoven de laat-ste bank in, Cindy wilde niet meer terug naar voren, doodsbang dat papa en mama weer zouden verdwijnen en Esmé liep blozend en stralend met opgeheven hoofd terug naar voren. Martijn kwam haar tegemoet en nam haar bij de hand, die hij even heel stevig drukte en hij knikte haar geruststellend toe.

In de familiebank werd gefluisterd en gedraaid, iedereen zat achterstevoren om Nuncia en Haio in het oog te krijgen. Eerlijk gezegd, fluisterden álle mensen in de kerk. De pastoor zag de preek niet meer zitten en zei een tikje zalvend maar niet onvriendelijk, dat de aandacht voor een rustige toespraak wegens onverwachte familieomstandigheden niet groot meer was, zodat hij er mee wilde volstaan, het misgebeuren op de normale manier te voleindigen en daarvoor verzocht hij de nodige rust en stilte.

De koster was zo wijs geweest om Nuncia en Haio achterom naar de zaal te brengen waar men na de trouwdienst bijeen zou komen en daar vlogen Nuncia en Esmé elkaar opnieuw in de armen.

„Ik ben zo blij... zo gelukkig... waar heb je toch gezeten?" Nuncia met de bruid in haar armen, glimlachte langs het met bloemen gekroonde hoofdje naar Martijn.

„Dat hoor je straks, Esmé, wordt het geen tijd, dat je me aan je man voorstelt?"

Het was zo'n verwarde toestand, want Nuncia liep daarna op haar pleegouders af en de mensen die wilden komen gelukwensen, werden buiten de zaal tegengehouden omdat het emotionele weerzien bij de thuiskomst van Nuncia en Haio niet voor vreemden was bedoeld.

„Ben je nu écht gelukkig?" fluisterde Martijn zijn bruid in het oor.

„Ja, dat ben ik. Vandaag heb ik jou gekregen en ik heb mijn zusje en Haio terug... ik heb er geen woorden voor." Ze trok Martijns gezicht met een lief, spontaan gebaar tegen het hare. „Denk maar niet, dat ik jou vergeet... maar er is opeens zoveel te verwerken..."

Er was iemand die zich op de achtergrond hield en waaraan in de eerste emotionele ogenblikken niemand dacht, behalve Martijn. Hij boog zich naar Esmé toe en fluisterde haar in het oor: „Zullen wij samen mijn moeder gaan halen voor Nuncia?"

„O já... natuurlijk... o, Martijn het spijt me zo maar ik dacht er even niet aan." Ze liep naar mevrouw Bankers en nam haar bij de hand. Martijn nam haar andere hand.

„Nuncia... ik geloof dat het maar het verstandigste is om nog even door te gaan met grote verrassingen," zei Martijn en zijn stem was niet helemaal vast. „Dit is mijn lieve moeder... mijn tweede moeder... maar ze is ook jouw moeder... je eigen moeder."

„Mijn moeder?" Nuncia strekte haar hand uit om haar aan te raken. „En vijfentwintig jaar lang heb ik ervan gedroomd... wat ben ik hier gelukkig om... mijn hele familie compleet op Esmés trouwdag... hier komen alle draden samen en ik begrijp er niets van..."

Mevrouw Bankers trok haar dochter in haar armen en Nuncia smolt als het ware weg, ze huilde zoals ze zelfs niet had gehuild, toen ze op zoek was naar Haio... Nuncia huilde niet gemakkelijk.

„Ik weet nog steeds niet waar je Haio vandaan hebt getoverd," begon de bruid nadat Nuncia weer wat tot kalmte was gekomen. „Liefje, als we aan dat verhaal beginnen, kun je de receptie wel afzeggen," zei Martijn verstandig. „Laten we het allemaal tot straks bewaren en eerst de mensen binnenlaten, die kunnen we niet langer buiten laten staan. Hoe de schakels van ons familieverhaal in elkaar passen is alleen óns verhaal... dat bewaren we voor later, als we onder elkaar zijn."

Het werd een vreemde receptie met alleen maar nieuwsgierige mensen: Wat er nu eigenlijk gebeurd was in de kerk? Men kende Nuncia natuurlijk en wist ook, dat haar man was verongelukt. Het was geen wonder, dat de mensen nieuwsgierig waren maar van een gewone receptie met alleen maar gelukwensen, kado's, bloemen en het obligate 'glaasje' kon geen sprake zijn. Cindy was ook door het dolle heen en rende met vuurrode wangen van opwinding van de een naar de ander.

„Ik dacht..." mompelde Martijn tussen zijn tanden. „Ik dacht, Esje, dat wij... vóór alles... een héél gewone, stille trouwdag hadden besproken."

„Ja, het is uit de hand gelopen, dat mag je wel zeggen. Wat een geluk, dat wij niet weggaan, want ik moet nog zovéél horen!"

Omdat Martijn en Esmé binnen enkele weken naar Amerika zouden vertrekken, gingen ze nu niet op huwelijksreis.

„Het grootste wonder is natuurlijk Haio," zei Esmé, uren later toen ze in het ouderlijk huis alleen met de familie waren, ze keek naar Haio, die met een vermoeide maar gelukkige Cindy op schoot zat in een rustig hoekje. „Ik vond het zo erg, dat je vertrokken was, en al die tijd niets liet horen. Ik wil je niets kwalijk nemen maar het doet toch wel pijn."

„Jullie zouden me nooit hebben laten gaan of ik zou jullie heel langdurig hebben moeten overreden en dan zou er van alles geregeld moeten worden en... en... intussen ging de kostbare tijd voorbij. Ik wist, nadat ik voelde door het lezen van die oude kronieken van Donata Veres, dat ik op moest schieten. Weet je, ik kon eerst niet helder denken, maar de verhalen van Donata interesseerden me zo en ik ging weer denken, dat kon ik eerst niet. Het is niet zo, dat ik naar huis ben gekomen met het vooropgezette doel Cindy bij jullie achter te laten en er vandoor te gaan. Ik voel, dat jij dat hebt gedacht... zo is het niet. Het is spontaan gebeurd. Ik geloof overigens niet in toeval maar wel in voorbeschikking. Ik zie nu, hoe de radertjes ineengrijpen. Je moet het geheel kunnen overzien en dat gebeurt meestal later... als alles voorbij is of weer in orde is gekomen. Voor mij is het nog steeds een wonder, hoe de levens van een meisje uit Chili en een meisje uit Holland verweven werden... en toch ook weer telkens zulke verschillende wegen gaan. Nu ga jij weg... en ik blijf hier.

Haio zal geen zwaar werk meer aankunnen, zoals in Australië, en daar ben ik niet rouwig om. Hij heeft een enorme klap gehad, maar we hebben elkaar teruggekregen... en dat is het voornaamste." Nuncia klopte liefkozend op Esmés hand. „Het was misschien niet de verstandigste ingeving vanmorgen om nog gauw even naar de kerk te gaan en jou te zien in de kerk... op je trouwdag... het kwam omdat Cindy ons zag. Je bent er toch niet echt door in verlegenheid gekomen, hè?"

„Ik vond het een wonder, dat jullie daar opeens kwamen binnenwandelen," zei Esmé warm, ze gaf Nuncia een kus. „Wat denk je van Martijn?"

„Ik vind 'm heel sympathiek maar als hij ooit niet goed voor jou zou zijn, dan kom ik je persoonlijk terughalen, je weet dat ik daar héél goed in ben!" Nuncia gaf een besliste ruk aan Esmés scheefgezakte bloemenkroontje. „En nu ga ik weer eens met mijn moeder praten. Ik heb twéé moeders... dat moet ook nog wennen..." Ze boog zich over Cindy heen, die naar haar toe kwam. „Ik voel me zo rijk... zó rijk!"

Martijn kwam naar Esmé toe, hij legde zijn arm om haar heen en vroeg: „Ben je nu echt gelukkig, Esje? Nu Nuncia terug is?"

Het klonk erg teder maar ook nogal triest, alsof hij dacht dat hij ergens tekort was geschoten, haar niet goed genoeg had opgevangen en begrepen.

„Martijn!" Ze stak haar arm door de zijne en trok hem dicht naar zich toe. „Ik houd van je en ik heb voor jou gekozen, dat zou ik wéér doen en ik vind het voor jou erg naar, dat het vanmorgen zo... zo chaotisch ging... wij opeens niet meer 'hoofdpersoon' waren, maar wat hindert het? Je moet me niet verkeerd begrijpen omdat ik zo gelukkig ben omdat Nuncia is teruggekomen en dan nog met Haio, wat niemand had kunnen voorzien. Nuncia is mijn zusje... tussen ons is een speciale band... maar jij bent mijn man en bij jou hóór ik."

„Dat weet ik, Esje." Martijn boog zich naar haar over. „Wij horen allemaal bij elkaar... we vormen een tamelijk gecompliceerde familie."

„Maar wel een gelukkige familie." Esmé glimlachte dromerig maar ook een tikje ondeugend en met haar onuitroeibare gevoel voor humor.

Martijn en Esmé hadden een rustige, eenvoudige trouwdag gewenst maar daar was niets van terechtgekomen.

De chaotische toestand in de kerk, zou Esmé een levenlang bijblijven als een van de hoogtepunten van de dag.

Het was een film die ze steeds weer zou willen terugdraaien. Eerst was er dat geluid geweest van de zware kerkdeur die zachtjes werd opengeduwd maar toch lawaai maakte en dan... het beeld van Cindy, rustig zittend op haar bankje aan de rechterzijde en die voor Esmés verbaasde ogen vuurrood werd, opsprong en haar boeketje wegwierp, schreeuwend met hoge, overslaande stem: Mama... papa... máma, pápa!

Toen was zijzelf, de bruid notabene, zonder er aan te denken of het wel kon, weggehold. Het moest wel een dwaas gezicht zijn geweest, de bruid in het wit met wapperende sluier en haar rok in beide handen hollend het kerkpad af... naar het wonder daar achteraan... haar zusje Nuncia en de doodgewaande Haio... en daar hadden ze dan gestaan, zij vieren... Nuncia en Haio en het kind en Esmé, allemaal met de armen om elkaar heen, lachend... huilend... ach, van alles door elkaar! Het was werkelijk op dat ogenblik niet tot hen doorgedrongen, dat alle beminde gelovigen achterstevoren in de banken zaten, stonden en over elkaar hingen om maar niets te missen van zeker een van de wonderlijkste schouwspelen ooit tijdens een huwelijksmis opgevoerd.

„Martijn!" Ze trok zijn gezicht dicht bij het hare en haar ogen hielden de zijne vast, er kwam een brede, ondeugende lach op haar gezichtje. „Eerlijk zijn... de waarheid... en niets dan de waarheid... wat dacht jij, toen je mij vanmorgen die vliegende start zag maken? Het was natuurlijk een dwaze vertoning, niet?" „Nee, dat zeker niet, wel heel ongewoon... ik wist niet meteen wat er aan de hand was." Martijn had zijn armen om Esmé heengelegd, hij streelde zacht over haar haren en zijn ogen, die langs Esmé heen keken, zagen op dat moment niets van de mensen, de bloemen, heel de feestelijke omgeving, maar het ontroerende groepje achterin de kerk, die vier mensen die zich alleen maar van elkaar bewust waren geweest.

Het was een vreemde, opwindende dag geweest, een trouwdag om nooit te vergeten... de dag waarop Esmés zusje was thuisgekomen. Martijn had zich toch wel even buitengesloten gevoeld, het zou niet menselijk zijn geweest als hij het anders had gevoeld.

Martijn werd er zich bewust van, dat er in de volle, drukke zaal iemand probeerde zijn aandacht te trekken door naar hem te kijken. Hij ving de blik op van Nuncia's donkere ogen.

Ze hield haar arm losjes om de schouders van haar moeder geslagen, en haar moeder was de vrouw waaraan hijzelf een gelukkige jeugd had te danken.

Nuncia had haar man, haar moeder en haar zusje... waar was hij eigenlijk nog in deze hechte familieband? Ja, Esmé was zijn vrouw... en Nuncia, met haar scherpe intuïtie wist in welke richting zijn gedachten gingen. Ze knikte Martijn toe, een warm, liefdevol gebaar dat heel duidelijk wilde zeggen: Ik ben nog nooit zo rijk geweest maar ik neem jou niets af… je hoort erbij, dat is het verschil. Voel je nooit buitengesloten, Martijn. Je kunt geen mens, hoeveel je er ook van houdt, helemaal alleen voor jezelf hebben. Esmés ouders zullen ook altijd de mijne blijven, mijn eigen moeder zal altijd ook van jou blijven en jouw vrouw zal altijd mijn zusje Esmé zijn… zoals ik háár zusje Nuncia ben.

„En zo is het goed," zei Martijn hardop, het was een antwoord op Nuncia's gebaar van goede verstandhouding en wat hij gelezen had in de donkere ogen.

Cindy drentelde als een gelukkige kleine elf tussen de grote mensen door en ze was geen ogenblik ver uit de buurt van haar vader en moeder.

Een heel bijzondere dag… de trouwdag van Esmé en Martijn… de dag waarop Esmés zusje Nuncia thuiskwam.